COLLECTION DES
ROMANS POPULAIRES

GASPARD DE WEDEL

La Chambre-au-Loup

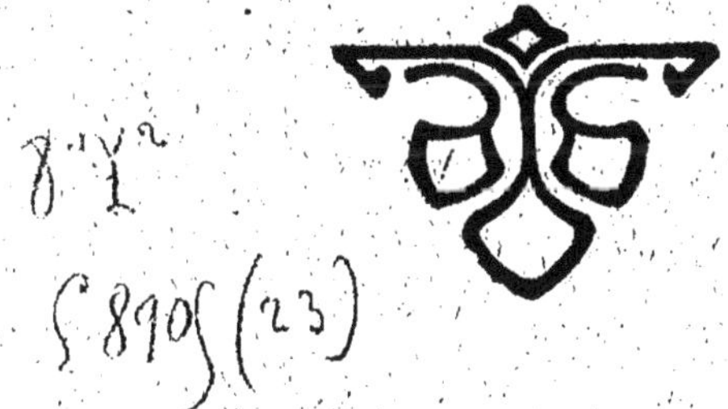

PARIS, 5, rue Bayard, PARIS

LA CHAMBRE AU LOUP

I

Lentement, avec d'infinies précautions et des mouvements cauteleux de couleuvre, le gars se glissait dans le fourré.

La nuit était noire, sans lune et sans étoiles ; aucun souffle n'agitait la grande forêt silencieuse. Le gars rampait entre les branches, les épaules courbées sous le poids de la bête morte, sa proie, Vêtu de loques sordides, les pieds nus dans ses souliers troués, il avançait sans relâche, insensible aux épines qui déchiraient ses membres, comme au froid intense qui gelait son haleine sur sa très jeune moustache.

Il allait « d'assurance » ainsi que les fauves dans les ténèbres, certain de sa route et plein de foi dans son adresse. Car nul mieux que lui ne possédait les bois de Louchbach, du Rudlin et des Hautes-Chaumes ; les forêts géantes qui ceinturent le lac Blanc et le lac Noir ; et les taillis touffus qui dévalent jusqu'à la Meurthe. Braconnier et contrebandier à la fois, Cyrille Hulot, à dix-huit ans, ne connaissait pas de rival.

Mais, tout à coup, il s'arrêta. Son oreille exercée venait de percevoir le seul bruit inquiétant pour lui, celui de deux pas étouffés sur la sente courant à flanc de coteau, quelques toises en dessous des buissons où il se cachait. Ces pas, il le savait, c'étaient ceux des douaniers se rendant à leur poste. Cyrille huma l'air, flaira la fumée de leurs pipes.

— Tabac d'Allemagne ! observa-t-il mentalement, et cela le fit rire.

Puis, les douaniers passés, il reprit sa marche prudente,

obliqua sur la gauche, atteignit les bords d'un ruisseau et jeta son fardeau par terre pour souffler un peu.

Maintenant il était en sûreté.

Ces eaux écumeuses, tombées des hauteurs, elles allaient alimenter la scierie paternelle, au fond de son vallon creux et si sauvage, que les loups, descendant des forêts alsaciennes de Kintzheim et de Turckheim, l'avaient adopté jadis pour y célébrer leurs orgies sanglantes, à preuve que les bâtiments branlants du vieux sagard s'appellent encore aujourd'hui la *Chambre au loup.*

Ayant donc respiré une minute, Cyrille reprit plus allégrement sa charge et s'engagea d'une allure plus vive sur la sente étroite, longeant la berge du torrent. Le chemin descendait fort. Brusquement, les cépées s'écartèrent ; et, au centre de la clairière profonde, la scierie s'estompa, blanchâtre, sur l'obscurité ambiante. Cyrille hâta le pas.

Un chien à l'attache, sous un hangar, jeta de petits abois joyeux. Par les fentes de la porte, un rai lumineux filtrait. Le braconnier siffla doucement. Une voix d'enfant demanda de l'intérieur :

— C'est-y toi, grand frère ?

Et aussitôt, sans attendre la réponse, la porte grinça sur ses gonds.

Cyrille entra dans la cuisine, les yeux clignotants de la lumière soudaine. Il referma lui-même la porte, poussa soigneusement les verrous. Et alors seulement, d'un grand geste, il retira le chevreuil qui pesait sur ses épaules et le jeta par terre, sur les dalles creusées, devant l'âtre où flambait un grand feu.

Quatre polissons de six à douze ans battirent des mains.

Le père Hulot, qui se chauffait, assis sur une vieille chaise lorraine en bois tourné, releva sa figure grimaçante et finaude enfouie dans sa barbe grise et demanda :

— D'où ça vient-il ?

— Des bois de la Poutroye, répondit son fils.

— Pourquoi que t'as posé des collets par là, imbécile ? C'est pas des coups à faire. Les *alboches* ont l'œil. Tu te feras pincer.

— J'ai pas posé des collets par là.

— Non, peut-être ! comme si je n'en voyais point les marques !

Et le père Hulot, en colère, donna un coup de sabot sur les traces de strangulation de l'animal.

Cyrille venait de s'asseoir devant la table rustique, où une femme d'une trentaine d'années disposait hâtivement son couvert.

Il dit, sans se presser, en se versant une rasade de bière blonde :

— Celui qui a posé les collets, c'est Weber, l'anabaptiste.

— Weber ! hurla le sagard. Hans Weber, le copain ! Et c'est toi, grand lâche, qui lui as volé son gibier !

Un peu de rouge monta aux joues tannées du jeune homme.

— Fallait pas qu'il me trompe sur le café de l'autre jour ! grinça-t-il rageusement.

Le père Hulot allait crier encore, mais sa femme le fit taire. Elle avait la langue bien pendue et la main leste, disait-on.

C'était son ancienne petite servante, qu'il avait épousée en secondes noces « pour tenir son ménage ». Il en avait eu les quatre polissons susdits, qui faisaient déjà « plus de tours que de miracles », à l'instar de leur glorieux aîné. La mère Hulot, généralement connue sous le sobriquet de *la Hulotte*, rappelait assez, d'ailleurs, avec son nez proéminent et ses gros yeux à fleur de tête, l'oiseau nocturne ainsi dénommé par les naturalistes. La ressemblance était complétée par une quantité de taches de son sur une face pâle et plate et par des cheveux jaunes ébouriffés, jaillissant hors d'une coiffe soi-disant blanche, mais surtout, oh ! surtout, par une propension déplorable à répéter éternellement la même chanson.

Or, la Hulotte aimait son beau-fils à l'égal de ses propres enfants. Elle l'avait *éduqué* dès son bas âge, l'ayant pris en charge aussitôt après la mort tragique de la première femme Hulot, tuée par un sanglier, dans la forêt, en ramassant du bois mort. Elle se vantait, non sans raison, de lui avoir appris les jolis métiers qu'il pratiquait si bien. Les exploits du jeune héros la remplissaient d'aise. Et puis, ça rapportait gros à la maison. Et la Hulotte, ainsi que son homonyme empenné, se délectait à entretenir des caches dans les trous des murailles ou des vieux arbres, pour y recéler mystérieusement les provisions les plus hétéroclites.

Lors donc, ce soir-là, que le père Hulot se permit d'admonester son fils au sujet du chevreuil volé au voleur Weber, la Hulotte hérissa toutes ses plumes pour répondre en colère :

— Ta, ta, ta, mon homme, tu ne sais point ce que tu dis. Cyrille a raison. Tu rabâches des sottises, Hulot. Ce malandrin de Weber nous a joué un tour. C'est pain bénit de lui en jouer un autre. Tu l'as pourtant bien vu, son café tout rempli de petits cailloux. En boiras-tu, dis, de la tisane de cailloux, dis, vieille bête ?

Et la Hulotte continuait son réquisitoire.

Le père Hulot, qui connaissait de longue date l'inanité de toute lutte oratoire avec sa femme, n'essaya point de discuter. Il se retourna vers l'âtre et se mit à tisonner le feu d'un air bourru.

Cependant Cyrille, ayant expédié lestement son léger repas, ôta sa veste déchirée, retroussa ses manches de chemise jusqu'au-dessus du coude et commença d'affûter un couteau aigu avec une pierre à faux.

Empressés, comprenant la signification de ces différents gestes, les petits gars déliaient les ficelles qui attachaient ensemble les membres délicats du chevreuil.

La Hulotte, interrompant son discours, demanda :

— C'est-y que vous allez la dépouiller maintenant, cette bête ?

— Oui, répondit Cyrille, rapport à Weber, ça vaut mieux de la dépecer tout de suite. Et puis, faut que je porte un cuissot demain à Margot. C'est promis.

— Ah ! si c'est pour Margot ! fit la femme en hochant la tête.

Évidemment, cette raison-là primait toutes les autres pour elle.

Cyrille, prudemment, sur le cuir bruni de son pouce, éprouvait le fil de son couteau.

— Amable, dit-il au plus grand de ses frères, va me chercher Baliveau, et fais le guet dehors à sa place.

Le gamin obéit à regret.

— Faudra m'envoyer Prosper tout à l'heure pour me relayer ! implora-t-il.

— Oui, oui, c'est bon, va-t'en !

Déjà Cyrille s'agenouillait, fendait adroitement la « nappe » de l'animal.

Le chien Baliveau arriva en trombe, se tordant, se roulant, se convulsant de bonheur.

Prosper, de nouveau, assujettit les verrous de la porte. Le père Hulot, intéressé, quoiqu'il en eût, se retourna vers la scène, fumant sa courte pipe à bouffées brèves, et sans mot dire. La Hulotte, les deux poings sur ses hanches, regardait, ses yeux ronds hors des orbites. Une grande flamme dansait au fond de l'âtre énorme et noir, projetant des lueurs fantastiques jusqu'aux poutres du plafond où les têtes d'oignons, accrochées en bouquet, semblaient autant de têtes coupées de pygmées pendus. Une âcre senteur de bois résineux se mêlait à l'odeur écœurante de la bête éventrée.

Et, de ses mains agiles et toutes rouges de sang, le grand gars découpait prestement sa capture, enlevait les cuissots, détachait les filets et les côtelettes. Et ses frères, attentifs, emportaient les morceaux, mettaient les uns dans des plats, les autres dans des paniers.

— Voilà pour Margot, d'abord. Pour nous ensuite. Le père Follavoine portera ça au marché de Lunéville, vendredi prochain. Hein, les gosses ! ne feriez-vous pas bien d'offrir ceci à M. le curé, en allant demain au catéchisme ? Pauvre cher homme ! il mange plus souvent des pommes de terre que de la bidoche !

— On l'y portera, fit Désiré, le troisième.

Et le petit Félix ajouta :

— Je cacherai le morceau sous ma blouse.

— Et surtout, cria la Hulotte, ne vous avisez pas de lui raconter comment on l'a pris, le chevreuil. Les curés, des fois, ça vous a des idées si drôles !

Mais la besogne était finie.

Cyrille se releva, tenant avec précaution la dépouille qu'il allait faire sécher au grenier, clouée sur une vieille porte. Baliveau s'élança, léchant les dalles sanglantes avec une frénésie gloutonne. Et le matou, s'avançant à son tour, les pattes moelleuses et le dos rond, s'accroupit au bord de la flaque et se mit à lécher aussi, les yeux clos, claquant le petit bout de sa langue rugueuse et rose.

Quand la place fut nette, les enfants remmenèrent le chien et le rattachèrent dehors, après quoi leur mère les envoya coucher dans « le poêle » qui était l'appartement du fond, une chambre obscure et basse, ne prenant jour sur le bois que par une lucarne grillée. Le grand gars logeait au-dessus de cette pièce, dans une sorte de mansarde seulement accessible par une échelle, où personne, hors sa famille, ne pouvait se vanter d'avoir pénétré jamais. C'était là qu'il gardait jalousement, loin des regards indiscrets et profanes, ses engins, ses munitions et les trophées de ses batailles avec les hôtes de la forêt.

Le père Hulot, qui n'avait plus rien dit depuis que sa femme lui avait coupé la parole, renversa sa pipe éteinte, la secoua minutieusement et déclara qu'il allait se coucher. L'opération n'était pas longue ni difficile à mener à bien. Le lit conjugal du sagard se présentait, selon la mode lorraine, sous forme d'un placard enfoncé dans le mur, entouré d'une boiserie vermoulue et chastement voilé de rideaux d'indienne à ramages. Aussitôt insinué sous les « couettes », le bonhomme ronfla bruyamment.

Alors la Hulotte sortit une fiole de kirsh de l'armoire, la posa sur la table, s'assit en face de son beau-fils, et tous les deux se mirent à causer à voix basse.

— T'as pas rencontré les douaniers, au moins ? demanda la femme.

— Si bien ; dans le renvers du bois de la Tête. Mais ni vu ni connu. J'étais contre le vent. Où allaient-ils ? Sais-tu, toi, la Hulotte ?

— Le Désiré l'a su par leurs gosses, à l'école. C'est commode, les enfants, ça cause. Paraît que Blaise Tranquille voulait s'en aller au Banrupt, mais Paulin Lebœuf n'a pas voulu de ça, rapport au grand Malgras qu'on disait à l'affût, sur le haut du calvaire.

— Ah ! la bonne farce ! répliqua le braconnier en riant. Il n'y pensait guère, le Malgras, je te garantis, à se mettre à l'affût d'un temps pareil ! Il passait du marc dans les fonds du Valtin.

Les yeux ronds de la Hulotte dardaient de petites lueurs fauves.

— Tant mieux, déclara-t-elle avec une joie maligne. Ils s'auront promené pour rien, ces sales douaniers de malheur.

Cyrille continua, en se versant un second verre de kirsh :

— Oui, je sais bien. Des fois, ils nous embêtent. Mais on les roule souvent. Et puis, c'est pas des méchants types dans le fond. Il y en a de pires !

La Hulotte, effarée, demanda en tournant sa tête de côté, comme un oiseau :

— C'est-y du Weber que tu veux parler, rapport à ses mauvais tours ?

— Ah ! s'il n'y avait que ça !

— Quoi donc qu'il y a ?

Mais Cyrille se leva résolument.

— T'as la langue trop longue, la Hulotte, pour que je conte mes petites histoires. Bonsoir, je m'en vas coucher.

— C'est bon, c'est bon, rétorqua la bonne femme furieuse. Tes frères ne feront pas tant de façons que toi ; et je saurai bien toujours ce que je veux savoir, n'aie pas peur !

Là-dessus, elle saisit une chaise, la campa bruyamment au coin du feu, s'installa pour tricoter, et, tout en manœuvrant avec agilité ses aiguilles, elle continua de monologuer en hochant la tête :

— Ce Hans Weber, qu'est-ce qu'il a donc pu faire de pire que de fourrer des cailloux dans du café ? Je sais bien que c'est un anabaptiste, et qu'un anabaptiste, ce n'est sensément point un chrétien ! Ça serait-il qu'il aurait dénoncé les camarades ? Ah ! faudrait pas qu'il essaye ! ou bien alors, quoi ?

Sous l'effort de sa pensée, ses sourcils se contractaient, produisant deux petites touffes ainsi que ceux de la vraie hulotte.

A la fin, elle se tut, absorbée totalement.

Et l'on n'entendit plus dans la Chambre au loup que le tic tac monotone de l'antique horloge et le ronron satisfait du chat, gavé de sang, accroupi dans les cendres.

II

Etait-ce un manoir ? Etait-ce une ferme ? Cela s'appelait la Fouqueray. Le domaine s'étendait à l'extrémité et un peu en dehors du village de Saint-Arnould, l'un des plus sauvages de la vallée vosgienne. Depuis le mur effrité et rongé de lierre, qui longeait la route, une large et courte avenue de gros tilleuls menait aux vieux bâtiments noircis par l'âge et très rustiquement coiffés de tuiles moussues. Il y avait un corps de logis massif, accosté d'une sorte de donjon épais, qui lui donnait un aspect de « guingois », et deux ailes détachées, en retour, contenant les servitudes et encadrant la cour herbeuse où picoraient des poules.

Une légende courait le pays sur cette antique demeure. Elle aurait été bâtie jadis, au lendemain des grandes guerres de Gustave-Adolphe, par un officier suédois blessé, recueilli chez des Lorrains charitables, et qui s'était épris de la fille de ses hôtes. Il avait brisé son épée pour épouser celle-ci, disait-on. Il s'était fixé là ; il s'était mis à cultiver cette terre, que venaient de ravager si cruellement ses barbares compagnons d'armes. Et, après lui, sa lignée s'y était perpétuée jusqu'à nos jours en une race hardie et loyale de soldats laboureurs. Deux Brixen avaient été tués en défendant la Lorraine, durant l'invasion de 1814 ; un autre pendant la guerre néfaste de 1870. Le dernier, moins heureux, avait péri sur un polygone, haché par l'éclatement de la pièce qu'il manœuvrait en qualité de lieutenant d'artillerie à cheval.

Sa veuve n'avait pu survivre à pareille catastrophe. Il restait seulement à la Fouqueray la mère et la fille de cet infortuné Brixen, l'une, bien âgée et tombée en enfance ; l'autre, bien jeune encore.

Dans la cuisine basse aux poutres brunes, ce matin-là, l'héritière du légendaire Suédois était assise, les coudes sur la table, en face des deux vieux serviteurs de la maison, Nicolas et Nastasie. Le feu flambait dans la cheminée géante où bouillait la marmite, répandant déjà l'odeur savoureuse de la *potée* aux choux. Il faisait bon dans la pièce close. Les vieux mangeaient béatement, sans rien dire, plongeant jusqu'au fond leurs cuillères dans leurs énormes bols de faïence peinte, où des montagnes de pain bis semblaient émerger d'un océan de café au lait.

Devant eux, et combien différente, la jeune fille les regardait, le menton posé sur ses deux poings fermés, au-dessus de sa tasse de chocolat fumant. Dix-huit ans à peine, de jolis cheveux vaporeux d'un blond cendré, le visage allongé et délicat, de grands yeux noirs profonds et doux, tel était le signalement de Margot. Un petit fusil de chasse, à deux coups, s'étalait sur la table, à portée de sa main, et, de chaque côté de sa chaise, un fox terrier assis sur son tronçon de queue la dévorait du regard, attendant la *mouillette* promise et la partie de plaisir convenue.

Mais, tout à coup, un heurt léger résonna sur les petits carreaux verdâtres d'une des fenêtres de la cuisine donnant sur le parc. Les chiens tournèrent la tête. Nicolas dit seulement :

— V'là le gars !

La jeune fille se leva d'un bond, courut ouvrir la fenêtre.

— Bonjour, frérot, cria-t-elle joyeusement.

Cyrille sauta dans la pièce, ôta sa casquette pour se débarrasser de sa gibecière — et s'empressa de la remettre aussitôt, — tandis que la jeune maîtresse du logis fouillait déjà la lourde sacoche de cuir.

— Oh ! la belle gigue ! s'écria-t-elle.

— Je te l'avais promise, Margot, répondit modestement le braconnier. Un honnête homme n'a que sa parole, hein, pas vrai, Nicolas ?

Le vieux, la bouche pleine, grogna un assentiment inintelligible.

— Et quand on a une sœur de lait comme Margot, ajouta l'aimable bandit, c'est bien le moins de lui faire plaisir !

Un radieux sourire le récompensa.

Mais déjà la vieille Nastasie apprêtait un couvert, un fromage de Gérardmer, une bouteille de vin gris. Cyrille s'installait sans façon.

Margot alors commença à boire son chocolat, considérablement refroidi dans l'intervalle.

— Et où l'as-tu pris, ce chevreuil ? demanda-t-elle.

Pour la seconde fois, le braconnier raconta son histoire.

Margot rit franchement, d'un joli rire perlé qui égayai; la cuisine sombre et la scène rude.

— Oh ! que j'aurais voulu voir la mine déconfite de Weber quand il aura trouvé son collet vide ! s'écria-t-elle.

Cyrille rit aussi en se balançant sur sa chaise rustique.

Le vieux Nicolas prit un petit air malin pour dire :

— Ce qu'il y aurait de plus farce là-dedans, ce serait si Hans Weber se faisait pincer pour rien par les alboches !

— Oh ! s'écria Margot, ils ne sont pas près de le prendre, ils ne sont pas assez dégourdis pour cela !

— Savoir ! fit sentencieusement le bonhomme. Paraît qu'ils ont un fameux chef maintenant, les forestiers d'en face ! Même, que, dans mon idée, c'est pour ça qu'on vient de nous en donner un nouveau, bien capable, vu que l'ancien n'était point de force.

Le braconnier, qui n'avait pas dit un mot durant ce dialogue, les yeux fixés attentivement sur les deux interlocuteurs, sortit de son mutisme pour s'écrier :

— M. Jean de Louchbach ! Ça se pourrait bien tout de même. Ah ! c'en est un de gaillard, à ce qu'on dit ; et ça ne m'étonne pas. Il *promettait* déjà joliment quand il venait ici, tout gamin, jadis !

Nastasie se rapprocha, intéressée.

— Oui, je me le rappelle bien. Il venait chez nous avec son oncle, M. Thierry, de Laveline, qu'est le tuteur à not' demoiselle. Même qu'il se régalait de mes *quiches*, fallait voir.

— Et qu'il ne boudait pas le vin gris, ajouta Nicolas.

Cyrille dit en regardant Margot :

— Moi, je le reverrai avec plaisir. Nous avons joué souvent

ensemble. C'était déjà un brave garçon dans ce temps-là, et pas fier.

Nastasie expliqua :

— M. Thierry l'amène ici dimanche.

— Oui, je sais, répondit le braconnier ; et c'est pour leur faire honneur que Margot tenait tant à son cuissot de chevreuil ; pas vrai, sœurette ?

— Bien sûr !

— Et je m'imagine que M. le curé de Saint-Arnould sera peut-être bien aussi de la partie ?

— Naturellement, répliqua la jeune fille, et Fritz Kœpling par-dessus le marché, ajouta-t-elle rougissante.

— Fritz Kœpling, hurla Cyrille, avec une explosion de colère soudaine. Et que diantre viendra-t-il faire là, ce grand rousquin de malheur ?

Margot était devenue écarlate. Elle dit, gênée, en détournant les yeux :

— Fritz Kœpling est mon cousin, mon plus proche parent du côté de ma pauvre mère.

— Ce n'est pas une raison pour l'inviter avec les autres, rétorqua le braconnier, hargneux.

Mais déjà Margot se ressaisissait, devenait agressive à son tour.

— Et si je veux l'inviter, moi, cria-t-elle avec colère, si ça me plaît de le voir, peux-tu m'expliquer comment je dois m'y prendre ? Puisque mon cher tuteur me défend absolument de recevoir personne chez moi quand je suis toute seule, est-ce que je n'en suis pas réduite à engager les gens lorsqu'ils daignent venir présider à ma table ?

Cyrille Hulot se leva.

— Ce n'est pas la peine de nous chamailler, déclara-t-il posément. Jamais nous ne nous entendrons sur ce gredin de Kœpling. Ah ! maudit soit le jour où il a hérité du vieux Müller et repris son commerce de bois de marine, pour le compte du roi de Prusse ! ajouta-t-il entre ses dents.

Margot ne répliqua rien. Elle paraissait fort occupée à partager équitablement entre ses deux chiens le restant de son chocolat. Peut-être n'était-elle pas fâchée au fond que l'incident fût clos.

Le braconnier se rapprocha, la gibecière sur l'épaule, et changeant de ton :

— Tu vas aux renards ? demanda-t-il.

— Nous allons aux renards, Pif, Paf, Nicolas et moi.

— Dans les bois de la Nuit ?

— Oui, aux terriers que m'ont indiqués tes frères. Ce n'est pas pour te faire un compliment, Cyrille, mais ils sont déjà joliment délurés, les petits coquins. Ils connaissent toutes les remises de la forêt comme père et mère.

— C'est vrai, fit le braconnier, flatté et radouci. Je crois qu'ils seront bons, les petiots.

Nastasie s'affairait à préparer une marinade pour le chevreuil. Nicolas rangeait les bols et les assiettes vides sur l'évier de marbre noir, remettait les chaises en place.

Puis, quand il eut terminé sa besogne, le vieil homme enfila une blouse et enfonça sur son crâne une casquette de fourrure des plus pelées.

— Allons, Mam'zelle Margot, venez-vous ?

La jeune fille bâilla, s'étira et se mit nonchalamment en devoir d'endosser une veste de cuir soigneusement huilée, dont les éraflures témoignaient de ses bons et loyaux services dans les fourrés de la montagne.

— Elle n'est jamais pressée, not' demoiselle, ronchonna Nicolas, grondeur. Pardine, elle a toujours bien le temps de faire ce qui lui passe par la tête ! Mais j'ai de l'ouvrage par-dessus les épaules, moi, et je voudrais déjà être rentré de cette satanée chasse !

Nastasie, dans son coin, haussa les épaules.

— Comme si on ne savait pas que tu tiens à la chasse autant qu'elle, mon pauvre homme !

Margot, sans daigner intervenir, ajustait tranquillement son feutre mou sur ses blonds cheveux, devant une petite glace ternie, accrochée au mur à côté des casseroles. Quand elle prit son fusil, ses chiens se mirent à sauter après elle, aboyant de toutes leurs forces pour témoigner leur joie.

Cyrille sortit à sa suite.

— Dommage que je ne puisse pas t'accompagner, dit-il en soupirant. Mais on *schlitte* aujourd'hui chez nous, et le père a besoin de moi.

— Ce sera pour samedi, veux-tu ? proposa Margot, désireuse de conclure la paix. Nous pourrions aller ensemble à la *passe de la bécasse*. Mon tuteur serait peut-être bien aise d'en emporter une paire.

— On tâchera moyen d'arranger ça, Margot.

Les causeurs atteignaient la grille rouillée, toujours ouverte, donnant sur la route qui devenait quelques pas plus loin la grande rue du village.

Cyrille fila sur la droite, Margot et son domestique traversèrent le chemin, gagnèrent une pâture qui dévalait des bois et se mirent à la remonter pour atteindre le couvert des bouleaux, dont les feuilles rousses tremblaient sur les troncs blancs.

Margot s'en allait, chantonnant un vieux refrain, sa fine silhouette se détachant en vigueur sur le paysage automnal aux tons doucement estompés. Elle était grande, mince et souple, avec d'harmonieux mouvements et une grâce d'allure qui étonnait d'abord en une jeune personne aussi cavalièrement rustique. Mais Margot ne laissait pas que de posséder un certain frottement mondain. Son tuteur, à l'époque de sa première Communion, l'avait prudemment claustrée dans le pensionnat religieux le plus sévère de Nancy, à l'effet de lui faire donner l'instruction, et l'éducation surtout, dont elle manquait totalement à la Fouqueray. Des lois imprévues autant que scélérates avaient rendu la jeune fille à son foyer plus tôt qu'on ne l'attendait et juste au moment où elle aurait eu le plus besoin de la sage direction de ses maîtresses.

Mais ce court passage à l'aristocratique couvent, avec de trop rares aperçus de la vieille noblesse lorraine, avait suffi à Margot, non pour acquérir de grandes connaissances scientifiques, hélas ! mais pour s'initier fort adroitement à tous les raffinements de la société polie.

Elle était peu fixée sur les personnalités de Shakespeare et d'Homère et n'eût pas certifié que Pékin fût en Chine ; mais elle savait très bien s'habiller et se coiffer à la mode. Son orthographe eût sans doute laissé à désirer beaucoup si elle avait jamais écrit une ligne, et les règles ardues de l'arithmétique avaient traversé sa jeune cervelle sans y laisser l'ombre d'une trace. Mais elle s'exprimait élégamment, donnait à l'occasion de jolis tours à ses phrases et parlait d'une voix bien timbrée et modérée à dessein, parce que la Mère assistante avait coutume de dire : « Les personnes du monde ne crient pas : au feu ! pour se demander de leurs nouvelles. »

De ces observations-là, Margot se souvenait très bien.

Elle savait aussi parfaitement qu'elle était de vieille souche noble, et son extrême condescendance avec les paysans ne l'empêchait pas de se poser parmi eux en jeune souveraine, bienfaisante et bénévole. Et son intimité même avec son frère de lait se traduisait volontiers par un despotisme dont nul ne songeait à s'étonner.

Margot chantait donc en gravissant la prairie onduleuse et verte. Mais quand elle atteignit la lisière du bois, elle s'arrêta un instant, se retourna et embrassa d'un coup d'œil satisfait la vallée pittoresque, où les maisonnettes de Saint-Arnould se groupaient autour de leur clocher « bulbeux », où un rayon de soleil matinal faisait étinceler les vieilles girouettes de la Fouqueray. Les narines de la jeune fille se gonflèrent. Elle huma l'air léger et les fraîches senteurs de la terre à son réveil. Et, les mains jointes sur son fusil, elle dit inconsciemment à mi-voix et avec une conviction pieuse :

— Mon Dieu ! que c'est beau, la nature, et qu'il fait bon y vivre !

Mais le vieux Nicolas, écartant les cépées, lui demanda de son ton rude :

— Par où que c'est qu'on va à vot' fameux trou de renard ?

— Par la coulée des chevreuils, là, sur ta gauche, répondit-elle vivement, soudain rendue à la réalité pratique.

Et, passant devant le bonhomme, elle se glissa dans la coulée, son arme sous le bras, ses chiens sur les talons.

Nicolas bougonnait derrière elle, empêtré dans les branches par les outils qu'il transportait.

La coulée montait raide, Margot n'avançait que lentement, cherchant à se reconnaître par des signes cabalistiques sur les écorces des arbres. Au bout d'une vingtaine de minutes, elle montra du doigt au vieil homme de menues branches cassées régulièrement dans l'épaisseur du taillis.

— Les brisées basses des gamins, dit-elle. C'est là. Passe devant pour me faire un chemin.

Nicolas tira une serpe de sa ceinture et se mit à taillader de droite et de gauche dans le fourré, mais juste assez pour faire place à la jeune fille, car ce montagnard avait le respect de la forêt sainte, et il eût considéré comme un sacrilège de la mutiler inutilement.

Les chiens ne l'attendirent pas et s'élancèrent en avant avec des abois furieux. Un trou béant apparut au milieu des ronces, dont les deux bêtes se mirent frénétiquement en devoir d'agrandir l'ouverture. Margot, méthodiquement, arma les deux coups de son fusil. Nicolas jeta sa serpe, prit sa pioche et commença de défoncer le terrier, autour duquel les chiens se livraient aux manifestations les plus violentes. Brusquement Pif se précipita dans le couloir où retentit un tumulte affreux de cris et de piétinements. Nicolas resta la pioche en l'air.

— Ça sort, attention ! jeta Margot.

Pif et sa proie jaillirent du sol, masse grouillante et sanglante. Mais Paf ne fit qu'un bond à la rescousse et, d'un coup de dent valeureux, étrangla la bête puante.

— C'est une mère ! dit Nicolas, gare aux petits.

Et, tandis que Margot couplait ses chiens haletants, il acheva de démolir le terrier et découvrit le gîte moussu où trois jeunes renardeaux tremblaient de peur.

— Faut-il les tuer ? demanda-t-il.

— Non, non, je ne veux pas ! ils sont bien trop jolis ! emportons-les !

Et Margot, se penchant sur les bestioles effarées, les prit délicatement par la peau du cou, les enveloppa dans les plis de sa jupe et les emmena ainsi précieusement comme des trésors.

Nicolas grommelait :

— J'espère que vous n'allez pas encore nous empêtrer de ces saletés-là. Comme si nous n'avions pas assez de *tintouin* avec vos inventions de toutes les manières !

Elle haussa les épaules sans répondre et se mit à siffler fort irrévérencieusement pour les cheveux blancs du bonhomme, C'était son habitude quand Nicolas ou sa digne moitié se permettaient la moindre observation à son égard. Le vieux baissa la tête, sachant bien l'inutilité d'une résistance quelconque.

— Ah ! si seulement Madame avait encore sa tête, songeait-il avec douleur.

Mais voilà, c'est qu'elle ne l'avait plus, et que Mademoiselle en profitait pour n'en faire qu'à sa guise à la Fouqueray.

Quand ils furent tous les deux redescendus sur la route, Margot reprit au vieux le cadavre de la bête qu'il portait et lui remit en échange la laisse de ses chiens et son arme en lui disant :

— Dépêche-toi de rentrer et de faire panser les chiens par Nastasie ; Pif surtout est abîmé.

— Vous ne rentrez donc point, demoiselle ?

— Non.

— Et où allez-vous, sauf vot' respect, avec cette vieille charogne et ces trois vermines ?

— Où ça me plaît, répliqua-t-elle.

Nicolas s'en fut, le dos courbé, en marmottant des paroles inintelligibles, tandis qu'un sourire moqueur illuminait le visage mobile de la jeune fille.

Dès qu'il se fut engagé dans l'avenue des tilleuls du domaine, elle se dirigea vers le village, se coula dans la première ruelle et, manœuvrant avec art dans un dédale de courettes et de jardinets, elle parvint à une pauvre masure où elle entra résolument sans frapper.

Il y avait deux pièces, à l'aire battue, comme dans toutes les maisons de paysans de la contrée, la cuisine et la chambre.

— Qui va là ? demanda une voix chevrotante venant du fond de la chambre.

— C'est Margot Brixen, répondit une voix joyeuse. Hurrah !

mère Mourette ! Je vous apporte de quoi payer votre meunier, et au delà !

Et Margot jetait triomphalement le cadavre de sa victime aux pieds de la vieille paralytique, ratatinée dans son fauteuil, et déposait sur ses genoux les trois petits effarouchés.

— Pour une belle chasse, allez, mère Mourette, c'est une belle chasse.

— Et vous nous donnez tout ça ? s'enquit la vieille, dont les yeux luisaient de convoitise, dont les mains tremblaient de joie en caressant la fourrure duveteuse des renardeaux.

— Bien sûr !

— C'est que ça vaut gros ! Il y a la prime, et puis la peau de la mère. Et des fois qu'on vendrait les petits vivants !

— A Fraize, déclara Margot, il y a un vieux monsieur, un savant, qui cherche un couple de renardeaux pour les élever.

— Nous enverrons le Joseph à Fraize.

Joseph était le fils de la mère Mourette, une sorte d'innocent qui n'était pas capable de gagner sa vie. Le père seul travaillait dans la maison, gagnait péniblement la pauvre vie de la famille par les trente-six métiers qu'il exerçait : faucheur, chasseur, colporteur et le reste. Car le père Follavoine passait pour se charger de toutes les besognes, licites ou autres ; mais, malgré sa bonne volonté infatigable, il ne suffisait pas toujours à subvenir aux besoins de sa femme impotente et de son imbécile de fils. Et le meunier le persécutait pour une méchante somme de cinquante francs.

Margot le savait et se creusait vainement la tête pour venir en aide à ces malheureux, son tuteur la tenant de fort court, quand les petits gars de la Chambre au loup étaient venus très à propos lui annoncer la découverte de ce bienheureux terrier.

— Quand on n'a pas d'argent, disait-elle à la mère Mourette, il faut bien s'en procurer comme on peut !

Et la mère Mourette, enthousiasmée, pleurait d'attendrissement sur les renardeaux qui se pelotonnaient dans son giron.

III

L'équipage de la Fouqueray attendait devant la petite gare de Fraize, point terminus de la modeste ligne qui, partant de Saint-Léonard, se dirige vers la frontière des Vosges.

C'était une vieille calèche, un peu disjointe et de forme surannée, attelée d'une grosse jument de labour, dont les vastes sabots s'aplatissaient sur des fers aussi larges que des assiettes. Auprès de cet animal, et comme pour prévenir toute incartade fougueuse, bien invraisemblable de sa part, le fidèle Nicolas, revêtu d'une peau de bique usagée et coiffé d'une casquette à galon, se tenait immobile, ses deux mains dans ses poches et le nez rougi par la bise qui soufflait éperdument de l'Est.

Le quart de 8 heures venait de sonner. On entendit le halètement pénible du train, dont la machine n'est jamais du dernier type sur cette modeste ligne. Puis un sifflement annonça l'arrêt final.

— Fraize ! tout le monde descend.

Le *monde* n'était pas nombreux en cette matinée dominicale. Depuis longtemps les derniers touristes avaient fui comme des hirondelles pour gagner des parages plus cléments.

Nicolas vit descendre un jeune prêtre, la sacoche en sautoir, deux bouviers à longues blouses, quelques bonnes femmes portant des paniers, enfin les personnages de marque attendus à la Fouqueray, le juge de paix de Laveline et son neveu.

M. Théodule Thierry, large, gros et gras, bien emmitouflé dans une pelisse fourrée, son feutre enfoncé sur les oreilles, s'avançait en se frottant les mains avc l'air de satisfaction intime d'un homme entre deux âges, dont la bourse et l'estomac sont également bien remplis.

Derrière lui venait un grand et beau garçon de vingt-six ou vingt-sept ans, guêtré de cuir fauve, habillé d'une peau de loup, le chef couvert d'une casquette grise, dont la vaste visière ombrageait une figure mâle et fine, aux yeux très bleus, à la moustache très blonde.

Devant ces deux personnages, Nicolas se découvrit respectueusement, laissant apercevoir un crâne aussi déplumé qu'un
œuf, mais beaucoup moins poli.

— Hé ! bonjour, Nicolas, mon vieux, s'écria le juge de paix,
en tapant jovialement sur l'épaule du bonhomme. Comment
allons-nous ?

— Très bien, Monsieur Thierry, merci de vot' bonté ! Et
vous-même ? Et Monsieur Jean ? Mon Dieu ! qu'il a donc *pro-
filé* depuis que nous ne l'avons vu !

L'oncle et le neveu se mirent à rire, cependant que le brave
Nicolas s'escrimait contre la portière de la calèche, dont la ser-
rure ne jouait pas facilement. Les deux voyageurs se hissèrent
dans le véhicule et faillirent être suffoqués par l'odeur de ren-
fermé et de moisi qui s'en exhalait ; mais il n'y avait pas
moyen de laisser les fenêtres ouvertes, tant le vent soufflait fort.

Nicolas grimpa sur le siège, toucha la jument, et la voiture
s'ébranla dans un fracas de ferraille qui excita l'admiration
des rares passants et des gamins. Pour les gens de la campagne, il est de bon ton de « fendre l'air » en ville. Mais on se
dédommage, on reprend haleine loin des yeux admiratifs de
la foule. Rosette connaissait bien la manœuvre. Sitôt sortie de
la ville, elle ralentit le mouvement pour reprendre le trot paci-
fique dont elle était coutumière ; et ainsi bercé doucement
par des ressorts amollis par l'usure, le plantureux magistrat
ne tarda point à dodeliner de la tête contre le capitonnage
déteint, tandis que son neveu, muet et grave, suivait d'un
regard absorbé les spirales de fumée bleue de sa cigarette.

Cependant Théodule Thierry ne dormait pas tout à fait. Il
rêvait agréablement de sa jolie pupille et se félicitait en conscience d'avoir si bien gouverné sa fortune compromise.
Comme c'était heureux pour elle que ses père et mère fussent
morts ! S'ils avaient vécu, ils n'auraient vraisemblablement
laissé à la pauvre fille que ses yeux pour pleurer. Tandis que
sous l'habile direction de son sagace tuteur, les petites rentes
s'étaient augmentées progressivement jusqu'à former une gentille dot rondelette. Et puis, quelle chance aussi que la vieille
Brixen fût tombée en enfance. Car cela permettait à Théodule

de détenir la bourse et de concéder à peine à la jeune Margot le quart de ses revenus pour vivre. On a besoin de si peu d'argent à la campagne !

Aussi cette jeune personne pouvait-elle compter maintenant parmi les plus sortables héritières de la région. Et, justement, le propre neveu de Théodule, ce cher Jean, le fils de sa sœur, et son unique héritier, venait d'arriver à Saint-Dié avec une bien belle place et bien en âge de s'établir. Le juge de paix se voyait déjà, en songe, conduisant sa pupille à l'autel.

Mais un cahot de la voiture l'éveilla en sursaut. Il renifla, s'étonna de l'état étrange de l'atmosphère, et finalement il s'aperçut qu'il était ballotté dans une voiture semblable à un sachet d'essence de champignons, et que l'animal essoufflé attelé à cette voiture gravissait avec des efforts terribles une côte abrupte au versant d'une montagne.

Le magistrat, pour combattre cette senteur bizarre, alluma un cigare de contrebande, voulut en donner un à son neveu. Mais le jeune homme refusa.

— Tu n'as pas l'air en train, Jean ? demanda Théodule, vaguement inquiet.

Jean eut un sourire contraint.

— C'est l'émotion du retour, mon oncle. Voilà si longtemps que je ne suis pas venu par ici !

— Oui, l'école forestière, le séjour en Dauphiné. Bah ! ça ne fait pas des siècles ! Tu ne trouveras pas grand'chose de changé à la Fouqueray. Les jupes de Margot allongées, voilà tout !

Il se mit à rire.

Jean détourna la tête. Par la vitre fendillée, il regarda le paysage, et ses yeux se reposèrent avec plaisir sur la masse sombre des sapins, le vert intense des prairies vosgiennes et le ciel froid, d'un gris bleuté d'acier.

En haut de la côte, la jument tourna toute seule et se remit à trotter, malgré son essoufflement. Théodule se haussa sur les coussins pour tâcher d'apercevoir quelque chose par la vitre du devant de la voiture, que la forme hirsute et vacillante de

Nicolas obstruait aux trois quarts. Il devina des silhouettes confuses de maisons.

— Voilà Saint-Arnould, s'écria-t-il. Nous arrivons.

Et, en effet, après avoir traversé une longue et double haie de tas de fumiers, soigneusement édifiés devant les portes des paysans, la voiture franchit la grille du parc, s'engagea sous les tilleuls et vint s'arrêter devant les quatre marches du perron.

Margot, qui guettait derrière la porte vitrée, se précipita d'un élan dans les bras du juge de paix.

— Bonjour, parrain !

— Bonjour, petiote !

Et se retournant vivement :

— Reconnais-tu qui je t'amène ? demanda le gros homme de son air le plus malin.

Mais Margot, sans l'ombre d'une arrière-pensée, tendait déjà la main à son ancien camarade d'enfance.

— Ravie de vous revoir, vieux Jean !

Tous trois pénétrèrent dans le vestibule, où les hommes se débarrassèrent de leurs pelisses, accrochèrent leurs coiffures à des « massacres » de cerf.

— Voulez-vous voir bonne-maman tout de suite ? leur demanda Margot. Vous prendrez le café dans sa chambre.

Elle s'élança dans l'escalier de pierre en spirale, tandis que son parrain montait pesamment derrière elle, soufflant davantage à chaque marche. Jean suivait, sans mot dire.

Un couloir assez sombre, au premier étage, partageait la maison en deux, ne prenant jour qu'à l'une de ses extrémités par une sorte d'œil-de-bœuf, masqué presque entièrement par le lierre grimpant le long du pignon.

Margot ouvrit une porte et s'effaça pour laisser passer les visiteurs dans une vaste pièce ouvrant par deux fenêtres sur le jardin. L'aspect de cette pièce ne manquait pas d'un certain confortable désuet, avec son alcôve aux rideaux de damas rouge, flanquée de deux petits cabinets vitrés, avec son tapis de moquette à ramages et ses meubles cossus et fanés.

Au coin de la cheminée, dans laquelle brûlait un bon feu de bois, et tournant le dos au jour, une vieille femme était affaissée dans un fauteuil « ganache ». Son teint frais, ses cheveux blancs, bien coiffés sous son bonnet de dentelle, ses vêtements noirs très propres, témoignaient des bons soins de son entourage. Mais ses yeux égarés, aux regards vides et agités d'une inquiétude constante, ne laissaient aucun doute sur son état mental.

Théodule Thierry la salua d'un air enchanté et avec un gros rire destiné sans doute à rasséréner ses esprits.

Une lueur d'intelligence passa dans les regards affolés de l'aïeule. Elle demanda d'une voix saccadée et haletante :

— Comment va Sidonie ?

Sidonie, c'était la femme de Théodule, morte depuis quinze ans.

— Elle va bien, répondit gravement le veuf.

— Elle est joliment heureuse ! reprit la vieille femme, dont la voix s'élevait par degrés. Moi, j'ai perdu mon fils. Vous ne savez pas, il a été tué par sa pièce de canon ! Il a été éventré, n'est-ce pas affreux ! Et celui-là, qui a des si jolies moustaches, est-ce que c'est le fils de Sidonie ? Ah ! elle est trop heureuse d'avoir un fils pareil ! Moi, j'ai perdu le mien !

Un tremblement nerveux la secoua toute.

Margot se laissa glisser à ses genoux et, l'enveloppant câlinement de ses deux bras :

— Mais moi, je vous reste, grand'mère, dit-elle avec tendresse, et je vous aime de tout mon cœur, et je vous dorlote tant que je peux, vous le savez bien !

La vieille ne répondit pas. Mais elle serra sa petite-fille d'un geste passionné sur sa poitrine.

Alors le juge de paix avança un fauteuil, s'assit lourdement, produisit un portefeuille et en sortit une liasse de billets de banque.

L'attention de la folle se détourna aussitôt, et Margot se leva, les yeux rouges.

Théodule Thierry parlait affaires de son air le plus sérieux, expliquait des placements, justifiait sa gérance absolument comme si la pauvre démente, en face de lui, se fût trouvée en état de juger la situation. Elle faisait un effort visible pour se composer un maintien, paraître s'intéresser aux discours du magistrat.

Nastasie venait d'entrer, approchait un guéridon et y disposait quatre tasses, une cafetière, un sucrier en vieille faïence de Sarreguemines, sur un plateau de tôle peinte à l'antique.

Margot servit le café, en ayant soin d'en verser fort peu à sa grand'mère. La pauvre femme, d'ailleurs, y trempa ses lèvres à peine, d'un air distrait, comme absorbée par un problème ardu qu'elle ne parvenait point à résoudre en son esprit.

Tout à coup, elle releva la tête et cria en triomphe :

— Mais elle a de l'argent, ma petite-fille! Elle peut se marier! Il faut la marier, Théodule !

— Certainement, Madame, et le plus tôt possible, répondit prestement l'interpellé.

Margot avait rougi très fort, et, la tête basse, elle paraissait s'affairer à découper une galette. Jean détourna la conversation à propos, en s'extasiant sur cette pâtisserie de ménage, chef-d'œuvre du cordon bleu de la Fouqueray.

Mais déjà la folle était retombée dans sa torpeur.

Un quart d'heure plus tard, Margot introduisait son tuteur et M. de Louchbach dans le banc seigneurial des Brixen, à l'église de Saint-Arnould, pour y assister à la grand'messe, au milieu d'une assistance nombreuse et curieuse de montagnards endimanchés.

C'était une gentille petite église très claire, d'origine romane, mais fortement retapée, hélas ! après chacune des effroyables guerres qui ravagèrent périodiquement la Lorraine. Le bon roi Stanislas avait fait reconstruire le clocher, pour se rendre propices les habitants de la montagne, assez réfractaires à son autorité de fraîche date. C'est pour cela que ledit clocher affectait cette forme d'oignon, chère aux architectes polonais du vieux souverain.

Quand l'héritière de la Fouqueray sortit de l'office entre ses deux compagnons, midi sonnait à l'horloge centenaire de l'église, et les quatre petits gars de la Chambre au loup se suspendaient avec violence aux cordes pendantes pour tinter l'Angélus.

— Bien le bonjour, demoiselle et la compagnie ! disaient les bonnes gens au passage.

Margot répondait par de petits signes amicaux ; le juge de paix saluait de droite et de gauche, d'un air bon prince. Jean de Louchbach observait les physionomies de ces demi-sauvages, parmi lesquels il était appelé à vivre et peut-être à sévir.

Comme ils arrivaient ainsi à l'extrémité du village, ils rencontrèrent un grand gaillard, guêtré et boueux, qui leur tira poliment sa casquette en leur souhaitant le bonjour.

— C'est le grand Malgras, expliqua Margot.

— Oh ! je le reconnais bien ! s'écria le juge de paix. Le gaillard vient encore de la frontière, j'en suis sûr, et je parierais volontiers qu'il transporte sous sa blouse plus de quinze litres de *kirchenwasser !*

Jean de Louchbach se retourna vivement pour examiner l'homme.

Margot se mit à rire.

— Comment ! dit Théodule à son neveu, tu ne te souviens plus des *trucs* de nos contrebandiers ? Tu ne devines pas que ce grand coquin porte une double cuirasse de cuivre pleine du précieux liquide ? Ingénieux et pratique, n'est-ce pas ?

Mais, avant que Jean eût eu le temps de répondre, un bruit soudain et horrible derrière eux détourna leur attention.

Un motocycliste arrivait à vertigineuse allure, dépassait nos amis, stoppait à la grille du manoir et revenait à pied sur ses pas pour saluer Margot et ses compagnons, chapeau bas, et avec une exagération de respect, frisant l'obséquiosité.

Ce motocycliste était un homme d'une trentaine d'années à peu près, de haute taille, mais si large d'épaules, si épais, qu'il donnait presque impression d'être trapu. Sa figure était régulière et fortement colorée ; ses yeux bleu très pâle et perçants ; une magnifique barbe d'un roux ardent s'étalait en éventail sur sa poitrine.

Margot, toute rose, opérait les présentations.

— Parrain, vous connaissez, je crois, mon cousin Fritz. M. de Louchbach, nouveau garde général de Saint-Dié. M. Fritz Kœpling, propriétaire des scieries de Plainfaing.

Les intéressés se saluèrent. Margot, trop agitée, ne remarqua point l'air de mécontentement de son tuteur, ne surprit pas le regard hostile et chargé de menaces qu'échangèrent les deux jeunes gens.

Toute à ses devoirs de maîtresse de maison, elle s'empressait à faire entrer ses hôtes, appelait Nicolas à leurs ordres ; puis s'élançait vers sa cuisine, interrogeait anxieusement Nastasie sur les apprêts du festin, goûtait les sauces, critiquait, approuvait, sans se douter le moins du monde qu'elle était en train de commettre une effroyable gaffe, et que là, dans sa maison, à sa table, une haine mortelle allait s'allumer entre deux hommes ou plutôt entre deux races.

Joyeuse et confiante, apercevant de loin le digne curé de Saint-Arnould, l'abbé Pascal, qui arrivait en se hâtant, elle courut lui ouvrir la porte et le débarrasser elle-même de son manteau.

L'entrée du prêtre sembla rompre la glace entre les trois hommes. On lui fit grand accueil. C'était un de ces humbles ecclésiastiques, de très modeste allure et de haute valeur morale et intellectuelle pourtant, dont foisonne, grâce à Dieu, notre clergé de France. L'abbé Pascal était à la fois très bon et très fin. D'un coup d'œil, il saisit la situation, il surprit le mécontentement du magistrat, l'indignation du forestier, la jalousie de l'Allemand. Il comprit le rôle de pacificateur qui lui incombait et se promit de le jouer avec toute sa conscience.

Nastasie, sur les entrefaites, apporta la soupière d'étain poli, et les convives s'assirent autour de la table ronde en acajou.

Le service était de Saint-Clément, les cristaux de Baccarat, l'argenterie, massive et usée, portait les armes des Brixen : un sabre et une lance d'or croisés sur un champ de « sable ».

Margot ne sacrifiait point au mauvais goût du jour. Contrairement à la plupart des jeunes personnes élevées à la campagne, parmi des vieilleries, qui perdent la tête dès leur première apparition à la ville, au seul aspect de la devanture d'un bazar, et s'empressent de rapporter chez elles une quantité d'affreux bibelots, elle s'était bien gardée de rien innover à la Fouqueray.

Tout s'y harmonisait à merveille dans un cadre très simple d'ailleurs. Les estampes napoléoniennes sur les boiseries de chêne ciré, les poutres du plafond, le carrelage blanc et noir, les chaises raides en tissu de crin, l'agencement de la table, et jusqu'au menu fleurant bon la campagne et la forêt. Il y avait une soupe aux choux, une omelette aux morilles séchées, une jolie truite en matelote lorraine avec de la crème fraîche et du vin gris, un pâté de lièvre en croûte et le fameux cuissot de chevreuil de Cyrille, entouré de cresson sauvage et arrosé de Thiaucourt.

Tout cela était parfait. Mais les invités ne faisaient guère honneur à ces bonnes choses, sinon l'homme à la barbe rousse qui dévorait littéralement. Théodule Thierry, en dépit de sa jovialité coutumière, demeurait soucieux ; Jean de Louchbach affectait de ne causer qu'avec l'abbé Pascal, l'interrogeant sur ses paroissiens, leurs mœurs, leurs misères, leur mépris systématique de toute loi humaine. Le bon abbé Pascal, qui aimait ses ouailles, les défendait de son mieux, vantait leur piété sincère, leur charité touchante, leur patriotisme ardent.

Mais il n'écoutait pourtant le garde général que d'une oreille assez distraite. La conversation ininterrompue entre Fritz Kœpling et Margot le préoccupait bien davantage, à ce moment-là, que les faits et gestes de ses paroissiens, si chers fussent-ils à son cœur. Malgré sa mansuétude habituelle, une sorte de colère l'envahissait contre la jeune fille. Comment pouvait-elle encourager ainsi un homme qu'on appelait couramment *le Prussien!* Elle riait, elle plaisantait avec lui. C'était intolérable.

Que devait penser de tout cela M. Théodule Thierry, juge de paix de Laveline ? Il n'avait certainement pas amené là son neveu sans une pensée de derrière la tête ! Ce beau forestier, qui se donnait des airs de si complète indifférence pour le moment, se laisserait-il enlever cette jolie fille, sans protestation et sans lutte, quand toutes les convenances de milieu, de fortune et de famille les rapprochaient, les désignaient pour s'unir ? Ce n'était guère probable, et d'autant moins qu'il l'aimait, disait-on, depuis sa plus tendre enfance.

Déjà, dans la paisible atmosphère de la pièce confortable et

close, par-dessus les « quiches » et les « kugelhofs » du dessert,
l'abbé Pascal sentait passer le vent de la tempête qui allait
ébranler la Fouqueray.

IV

Le soir de ce même jour, l'oncle et le neveu rentraient chez
eux par le dernier train. Comme ils se trouvaient seuls dans le
vieux petit wagon de première, fort imparfaitement chauffé au
moyen de « boules » antiques, Jean de Louchbach demanda
soudain au juge de paix :

— D'où sort-il donc, ce Fritz Kœpling, je n'en avais jamais
entendu parler autrefois ?

Théodule Thierry toussa derrière son gant de laine, s'éclaircit
la voix et répondit en regardant ses souliers :

— Voilà. C'est un proche parent de Margot, du côté de sa
pauvre mère qui était une Alsacienne, une demoiselle Langs,
de Wissembourg, bonne famille de magistrats. La mère de
Kœpling était une Langs aussi, cousine germaine de l'autre.

— Très bien, répliqua Louchbach, mais le père de Kœpling
était-il Alsacien également ? Le nom m'est inconnu.

Théodule Thierry fit la grimace. Sans répondre directement,
il dit :

— Le père devait être notaire, je crois, dans les environs de
Colmar. D'ailleurs, il est mort depuis longtemps, sa femme
aussi.

Jean répéta en regardant fixement son oncle qui ne le regardait point.

— Notaire ? C'est une fonction quasi-officielle chez eux. Je
comprends bien. Le père était Allemand, fonctionnaire de
l'empire d'Allemagne. Pourquoi le fils est-il venu s'établir *chez
nous* ? Pourquoi n'est-il pas resté dans son pays, dans le pays
des casques à pointe ?

Théodule Thierry leva les bras au plafond :

— Ah ! tu m'en demandes trop, à la fin ! Tout ce que je puis
te dire, c'est que Fritz Kœpling est arrivé fort naturellement

ici, par suite de la mort du vieux Müller qui détenait, tu dois
t'en souvenir, presque tout le commerce de bois de la vallée.
Müller était son grand-oncle et lui a laissé ses biens. Kœpling
est venu de Colmar, où il travaillait dans un bureau quelconque. Il a repris les affaires du vieux et leur a donné, en
dix-huit mois, une extension absolument inattendue.

— Et vous ne trouvez pas ça louche, mon oncle ? s'écria
impétueusement le forestier.

Théodule Thierry évita de se prononcer. Dans le fond, il
partageait absolument l'impression de son neveu. Mais, par
tempérament et par habitude, il cherchait toujours à éviter
les conflits.

— Mon Dieu ! avoua-t-il, je n'aime pas plus que toi ce gros
rouquin, qui rit toujours en montrant des dents effrayantes,
comme s'il voulait dévorer son public ; mais je suis forcé de
reconnaître que rien dans sa conduite n'a encore donné prise
à la critique la plus maligne.

Le forestier gronda :

— C'est que vous ne l'avez pas étudié de bien près, sa conduite. Il trafique de bois de marine, dites-vous. Et savez-vous
seulement où il les envoie ?

— Tout le monde le sait, répliqua le juge de paix. Il les
expédie régulièrement à Lunéville.

Jean de Louchbach eut un geste de désespoir :

— Mon pauvre oncle ! gémit-il navré, vous ne voulez pas
me comprendre ! Fritz Kœpling ne peut pas éviter Lunéville,
d'après le tracé des chemins de fer dans notre région monta-
gneuse. Mais ses marchandises n'y restent pas puisqu'elles sont
destinées à des chantiers de constructions maritimes. Et le canal
de la Marne au Rhin, qui passe tout à côté, est bien commode
pour transporter des bois en un sens ou dans l'autre ; vers la
France ou vers l'Allemagne !

Le juge de paix ne répondit rien. Il dit seulement, d'un air
contrit :

— Je regrette beaucoup que Margot ait invité son cousin avec
nous aujourd'hui.

— Moi pas ! répliqua nettement Louchbach. Il me plaît de

savoir que j'ai un rival dans la place, et quel rival ! Maintenant, à nous deux, Monsieur le Prussien !

Il rit d'un rire jeune, qui sonna clair comme de l'acier. Théodule Thierry frissonna.

Vers la même heure, Fritz Kœpling arrivait à Plainfaing,
dans l'assourdissant fracas de sa motocyclette.

Le ciel était couvert et la nuit sombre. De rares lumières
brillaient aux fenêtres des maisonnettes du bourg, endormies
déjà sans doute.

Dépassant les dernières de ces humbles constructions, Fritz
Kœpling tourna dans la cour d'une grande bâtisse fraîchement
recrépie, de chaque côté de laquelle se balançaient des arbres
dépouillés. Il sauta de sa machine et s'apprêtait à la remiser
dans une grange, quand une forme sortit de l'ombre, et une
voix murmura tout bas, en allemand :

— Bonne nuit !

Le colosse eut un mouvement de recul involontaire, mais, se
reprenant aussitôt :

— Ah ! c'est toi, Weber ! pourquoi n'es-tu pas entré te
chauffer en m'attendant ?

— J'arrive seulement, patron, répondit le mauvais drôle. J'ai
entendu de loin votre moto, et je vous ai guetté là pour vous
surprendre.

Il ricanait sottement.

Kœpling monta les marches du perron, tira son passe-
partout de sa poche. Mais la porte de la maison s'ouvrit doucement de l'intérieur, découvrant une vieille femme revêche, les
lunettes sur le nez et sa lampe à la main. Les deux hommes
entrèrent.

La servante prononça, toujours dans la langue de Gœthe :

— Il y a un bon feu dans le parloir et de la bière sur la table.

— C'est bien, Catherine, merci, répondit son maître.

Il pénétra dans la pièce indiquée et se laissa choir dans un
fauteuil auprès du poêle, en indiquant de la main une chaise
à son singulier visiteur.

Hans Weber entr'ouvrit sa veste crasseuse et produisit une
enveloppe jaune, sans adresse et considérablement froissée.

— De la part de M. le directeur de Schlestadt, dit-il avec respect, rapport à une manœuvre que doivent exécuter les chasseurs à pied de Saint-Dié ces jours-ci.

— Manœuvre dont il faut probablement que je rende compte, répondit Kœpling en tendant la main.

Il prit la missive, la lut attentivement deux fois, puis il en fit une boulette et la jeta dans le foyer du poêle.

— Et à part ça, Weber, demanda-t-il en relevant la tête, quoi de neuf ?

Le contrebandier se gratta l'oreille, et sa face finaude et glabre prit une expression simiesque. Sans répondre, il insinua sournoisement :

— Le patron revient de la Fouqueray, sans doute ? Il y a bien dîné ? Il y a mangé du bon chevreuil ?

Fritz Kœpling se mit à rire.

— Comment le sais-tu, brigand ?

L'homme dit, la voix dure :

— Ce chevreuil-là ne leur a pas coûté cher. C'est le grand gars de la Chambre au loup qui me l'a volé.

— Ah bah ! fit l'Allemand, d'un air de parfaite insouciance.

Mais l'expression haineuse de Hans Weber l'avait frappé et lui plaisait. Dans toute besogne louche, la haine, mère de la vengeance, est une si précieuse auxiliaire !

Le braconnier continua, en détournant les yeux :

— Si ce n'était pas le frère de lait de la demoiselle, et si la demoiselle n'était pas la cousine du patron, je connais quelqu'un qui lui rembourserait bien son chevreuil en bonnes chevrotines dans la peau !

Fritz Kœpling joua l'indignation vertueuse :

— Taisons-nous ! taisons-nous, Hans Weber ! Pas tant de bruit pour un méchant brocart. Un de perdu, dix de retrouvés. La montagne en pullule. Allons ! buvons à notre prochaine hécatombe !

Et de l'air le plus jovial il emplit les bocks de bière brune et mousseuse.

Mais, longtemps après le départ du braconnier, il songeait

encore avec satisfaction à la fureur de cet homme contre le frère de lait de Margot.

— Cela pourra me servir un jour, se disait-il, sans savoir encore comment.

Il avait deviné en Jean de Louchbach un rival d'autant plus sérieux qu'il était présenté et soutenu par le tuteur et le parrain de la jeune Brixen. Il prévoyait de très grandes difficultés diplomatiques, la guerre peut-être. Mais il était bien résolu à défendre sa proie jusqu'à la dernière extrémité, car il aimait Margot à sa manière, et puis son alliance avec la plus vieille famille du pays assurerait sa situation, encore douteuse, consoliderait son crédit, servirait tous ses intérêts personnels..... et les autres.

— Cette canaille de Weber peut être une carte utile dans mon jeu, se disait-il. Ne le négligeons pas. Je n'aurai jamais trop d'atouts en main.

Et, sur cette pensée judicieuse, il s'endormit profondément.

<h2 style="text-align:center">V</h2>

La neige se mit à tomber tout à coup le jour suivant, par grosses rafales, qu'un vent violent chassait. Les petits carreaux verdâtres de la Fouqueray tremblaient dans leurs châssis disjoints, les girouettes grinçaient désespérément, tandis que se tordaient les sapins noirs ainsi que des âmes en peine. Nastasie bourra les feux, et Margot, désemparée, demeura toute l'après-midi près de sa grand'mère, lisant ou raccommodant du vieux linge. Mais, vers le coucher du soleil, la tourmente ayant paru se calmer un peu, elle s'emmitoufla bien et sortit « pour désennuyer ses chiens », disait-elle.

Presque au tournant de la grille, Margot rencontra deux hommes cheminant de compagnie vers le village, Cyrille et le forestier Simon. Simon, par esprit de corps, sans doute, passait pour être un peu trop bien avec les gens des bois, bûcherons, schlitteurs et autres. Mais les autorités fermaient les yeux, parce que le gaillard faisait bien son service, et que nul de ses collieues ne pouvait se vanter de détruire autant de « mauvaises bêtes » que lui. Les primes qu'il touchait de ce fait augmentaient considérablement son traitement, sans parler de la vente des peaux et des plumages de ses victimes.

— Demoiselle, dit-il à Margot, nous allons prévenir M'sieu le maire. Voilà les sangliers qui descendent. Si le vent s'apaise un peu, on pourrait des fois faire une jolie battue ces jours-ci.

— Tant mieux ! s'écria Margot, dont les yeux flambèrent de plaisir.

Et, se tournant vers son frère de lait :

— Tu m'accompagneras, n'est-ce pas, Cyrille ?

— Bien entendu, comme toujours. Mais tu auras peut-être du plus beau monde que moi pour te faire honneur, ajouta-t-il en clignant de l'œil.

— Que veux-tu dire ?

— Dame ! ton parrain et son neveu !

Margot parut tomber des nues.

— Ah ! c'est vrai, fit-elle avec indifférence, ils viendront sans doute.

Évidemment, elle avait pensé à quelqu'un d'autre.

Cyrille Hulot le remarqua et, mécontent, se mit à siffler en poursuivant sa route.

La tempête se calma dans la nuit.

Au matin, la neige tombait dru, par gros flocons épais qui s'entassaient sans bruit, s'écrasaient les uns sur les autres et semblaient vouloir ensevelir toutes choses vivantes.

Margot s'enveloppa de ses fourrures, prit sa chienne d'arrêt, Diane, et sortit, le bâton à la main, se dirigeant vers la Chambre au loup pour y conférer avec la famille Hulot sur la battue projetée.

Il lui fallait pour cela entrer dans le bois et remonter le cours du torrent sur un parcours d'environ mille mètres de longueur, en pleine forêt, avant d'arriver à la clairière où se dressait la maison solitaire du vieux sagard. Une jeune fille moins aguerrie eût tremblé de se sentir ainsi seule avec un pauvre chien, sous le couvert de ces grands arbres dont les profondeurs pouvaient receler tant de bêtes sauvages. Mais Margot n'avait pas peur et jouissait délicieusement, au contraire, de la solitude et du silence.

Une forme agile, tout à coup, sauta le chemin devant elle, franchit le torrent d'un bond, bientôt suivie d'une autre forme non moins leste. C'était un ménage de chevreuils dont elle venait, involontairement, de troubler l'aimable tête-à-tête.

Margot, charmée, s'arrêta une seconde, suivant d'un regard brillant les silhouettes fuyantes des jolis animaux sous la futaie.

Puis elle reprit sa marche et aperçut bientôt, devant la porte de la scierie, les quatre petits gars de la Hulotte qui se bombardaient vigoureusement à coups de boules de neige.

— Margot ! Margot ! V'là Mamzelle Margot ! crièrent-ils tous à la fois, tandis que Diane courait, en gambadant, leur lécher la figure.

La Hulotte apparut aussitôt sur le seuil de sa demeure, ses yeux ronds pétillants de joie.

— Entre vite, not' fille ! cria-t-elle à Margot. Viens te mettre au coin du feu, en face du père. Tiens ! prends cette brique sous tes pieds, qui ne doivent point être chauds. Et puis, je te vas faire des gaufres pour te remonter un peu l'estomac, et nous boirons la goutte, not' fille, à ta santé !

C'était une douce manie de la Hulotte de se poser toujours en nourrice de Margot, quoique la jeune fille eût été allaitée par la première femme du sagard ; mais il y avait des moments où la bonne femme se croyait véritablement la mère de Cyrille ; Margot y était accoutumée et trouvait cela tout naturel.

— Te voilà, not' enfant ! dit le père Hulot à son tour, et avec une façon de sourire qui crispait curieusement son visage ridé et piqué de poils durs.

En même temps, il se dérangeait de sa place, dans le renfoncement de l'âtre, et avançait à la visiteuse l'unique fauteuil de paille de la maison.

Margot s'y installa, ainsi qu'une jeune reine en tournée d'inspection chez ses vassaux.

Les petits gars, cessant de se battre, venaient de rentrer dans la cuisine, et se groupaient en se bousculant autour de la demoiselle, qui leur inspirait une admiration sans bornes.

Margot demanda :

— Et Cyrille ?

La Hulotte mit un doigt sur ses lèvres, d'un air de mystère profond, comme si quelqu'un eût guetté ses paroles du faîte de la cheminée.

— Il est au bois, répondit-elle à voix basse, il va revenir.

Déjà, vivement, elle *démêlait* la pâte mousseuse de ses crêpes.

Le père Hulot venait de saisir deux vieux fers tout noircis, accrochés contre le manteau de la cheminée, et il s'occupait à les graisser consciencieusement à l'aide d'une couenne de lard.

— Viendrez-vous à la battue, papa Hulot ? demanda la jeune fille.

— Savoir, des fois, peut-être bien.

— Tout le village y sera, pour sûr.

— Oui-da, et même du monde de plus loin, allez ! Même ce coquin de Weber, pour ne nommer que lui !

— Comme vous dites ça, papa Hulot !

— C'est que je m'en soucie tout juste maintenant de le rencontrer en face, le Weber !

— Pourquoi donc ? demanda innocemment Margot.

— Rapport au chevreuil ! glapit la Hulotte en colère, comme si le garçon n'avait pas bien fait de l'embêter après toutes ses sales crasses.

— N'empêche qu'il nous en veut, à cette heure, continua le sagard avec obstination, et qu'il nous fera des *maux*. Tu verras ça, la Hulotte !

— Ben, ma fi, je le verrai, répliqua-t-elle furieuse.

L'arrivée de Cyrille coupa court à la discussion entre les deux époux.

— Je viens des bois du Bonhomme, raconta-t-il, où je sais qu'il y a des martres. J'ai posé des pièges, et j'espère bien t'offrir une peau, demain ou après, sœurette. Ça te fera une jolie cravate.

— Trop jolie pour moi, mon pauvre Cyrille, répliqua Margot. Vends-la plutôt, ta martre, si tu en prends une.

— Non point. Je vendrai la seconde, si j'en prends deux.

La Hulotte, accroupie sur un tabouret devant l'âtre, tournait et retournait les fers à gaufres sur le feu de bois, où son mari jetait incessamment des poignées d'ételles de sapins que lui passaient les enfants.

On servit Margot la première, comme de juste; puis le père, Cyrille et les enfants, et jusqu'à Diane. On se brûlait les doigts, on riait. Les enfants disaient à chaque gaufre nouvelle qui sortait du moule :

— Ça, c'est le fer français avec les fleurs de lys et la couronne royale.

— Ça, c'est le fer lorrain. Voilà les chardons et les alérions des vieux ducs.

Et les petits regardaient Margot d'un air très fier de leur savoir parce qu'ils se rappelaient si bien les belles explications qu'elle leur avait données sur les antiques moules à gaufres de la Chambre au loup.

Le père Hulot fut chercher alors dans le placard une bonne bouteille de mirabelle. On trinqua gaiement, selon l'usage des Vosges.

Mais Margot n'oubliait pas le but de sa visite. Elle voulait savoir le lieu et l'heure de la battue, bien exactement, et si elle devait emmener ses bassets, oui ou non, et combien il y aurait de tireurs et de rabatteurs, etc.

Malheureusement, on ne pouvait rien savoir encore. Tout dépendait du nouveau garde général, M. de Louchbach. On en avait référé à son autorité. S'il prenait la direction de la battue, il donnerait ses ordres ultérieurement. S'il ne la prenait pas, le maire de Saint-Arnould aviserait lui-même.

— Paraît qu'il est devenu rudement bel homme, M. de Louchbach, opina la Hulotte en branlant la tête. Je me suis laissé dire qu'il n'avait pas son pareil dans la contrée.

Le père Hulot ronchonna en fourrageant dans le feu.

— C'est autre chose que le *barbu* de Plainfaing.

Margot, promptement, détourna la conversation d'un terrain si dangereux. Elle parla du grand Malgras, qui avait apporté en plein jour et un dimanche du marc d'Alsace à son parrain.

— Il finira par se faire pincer, déclara la Hulotte, et ce sera malheureux, un si brave homme !

Margot ne rentra pas de bonne humeur. Elle s'apercevait bien depuis longtemps de l'antipathie de tout son entourage pour son cher cousin Kœpling. C'était assez ennuyeux déjà. Mais voilà que maintenant on commençait à lui échauffer les oreilles avec ces éloges amphigouriques et perpétuels de Jean de Louchbach. Ça dépassait les bornes. Est-ce qu'elle n'était pas assez grande pour se diriger toute seule, pour choisir celui qui lui plaisait.

Elle fut morose à souper et bouda le civet de lièvre, au grand scandale de Nastasie.

Cependant la neige continua de tomber jusqu'à la fin de la semaine, avec des alternatives de rafales glaciales et d'accalmies soudaines.

Il fallait bien sortir un peu. Margot, chaque soir, promenait mélancoliquement ses chiens. La Fouqueray n'était pas gaie. Le mauvais temps agissait défavorablement sur la vieille Mme Brixen, qui se plaignait plus que de coutume, pleurait sans cause et appelait parfois au secours, même au milieu de la nuit, pour annoncer, avec des cris affreux, à Nastasie ou à Margot, que son fils unique venait d'être frappé à mort.

Le dimanche matin, vers le lever du soleil, il gela tout à coup si effroyablement que les corbeaux tombèrent des arbres, raidis, tués par le froid.

Cyrille, en sortant de la grand'messe, vint dîner à la Fouqueray. La salle était close, car on ne l'ouvrait que pour les hôtes de qualité. Ce matin-là donc, Margot dînait à la cuisine, comme de coutume, en face de ses deux vieux serviteurs. On mit un couvert de plus pour le braconnier, invité à donner son avis sur un salmis de bécassines au vin du Rhin.

Cyrille apportait de grandes nouvelles.

— C'est décidément mardi la battue, annonça-t-il. M. de Louchbach ne peut pas venir, malheureusement, étant appelé ailleurs par une inspection quelconque. Le maire organise tout. M. Thierry est prévenu. Nous aurons beaucoup de monde. Les sangliers ne manqueront pas. Le Joseph au père Follavoine en a rencontré hier soir dix-sept à la file, dans les fonds de Ménonrupt.

— Vieux coquin ! s'écria Nicolas, en frappant du manche de son couteau sur la table, dans son admiration.

Le braconnier continua :

— Faut qu'on les déménage, toutes ces sales bêtes. Tu prendras tes bassets, Margot, même tes ratiers, si tu veux ; la ligne sera longue et le terrain dur. Mais nous ferons de la belle ouvrage, tu verras ça !

— Vous m'emmènerez, hein ? s'enquit le vieux Nicolas, anxieux.

— Pour sûr ! s'écrièrent Margot et Cyrille à la fois.

Nastasie bougonna, en haussant les épaules :

— Je vous demande un peu si c'est raisonnable, à son âge ! par un temps pareil ! C'est des tours à prendre le coup de la mort !

La porte en s'ouvrant évita à Nicolas la peine de répondre.

On vit apparaître un long corps avec une figure chafouine et des petits yeux clignotants de fauve, que gêne le trop grand jour.

— Salut, dit une voix cassée, Messieurs et dames, et la compagnie !

Vieille formule dont nos pères entendaient complimenter les anges gardiens des personnes qu'ils rencontraient, et dont les paysans de la Lorraine se servent encore aujourd'hui, sans savoir pourquoi.

Margot tendit la main à l'affreux bonhomme.

— Père Follavoine, vous arrivez bien. Asseyez-vous là. Vous allez manger un morceau de tarte aux quetsches et boire un verre de café avec nous.

— C'est pas de refus, demoiselle, répliqua-t-il avec une grimace qui voulait exprimer un sourire. Mais je payerai mon écot, cette fois ; une fois n'est pas coutume !

Et, se tournant vers la jeune fille, il lui présenta un petit paquet soigneusement ficelé.

C'était un ravissant mouchoir en dentelle de Bohême.

— Ah ! que c'est joli, que c'est fin ! s'écria Margot enchantée.

— Paraît que c'est du beau, expliqua le vieux brigand. Moi, je n'y connais rien du tout. Je me suis trouvé attraper cette bricole-là dans un échange avec un camarade du Honeck. Et comme je né pouvais pas vendre ça par ici sans me faire choper, conclut-il cyniquement, je me suis dit à moi-même : ce sera pour not' demoiselle qui est si gentille au pauvre monde!

Margot remercia chaleureusement.

Le père Follavoine, qu'attendrissait l'excellence de la goutte et du café combinés, poursuivit la larme à l'œil :

— Qu'est-ce qu'on deviendrait sans not' demoiselle ? Qu'est-ce qui panserait les infirmes et soignerait les malades ? Qu'est-ce qui payerait les dettes des malheureux ? Ah ! la nichée de renardeaux, elle nous a été joliment utile, rapport au boulanger qui ne voulait plus nous faire crédit ! On les a tous vendus, et rudement bien, à du beau monde !

— Tant mieux, tant mieux ! fit Margot, gênée par l'expansion de cette tapageuse reconnaissance.

Et, pour couper court aux effusions du bonhomme, elle remit la question de la battue sur le tapis.

Le père Follavoine changea de ton pour demander de son air le plus insinuant :

— Est-ce que le monsieur de Plainfaing y sera ?

Cyrille répliqua brusquement :

— Puisque tous les chasseurs y seront !

— Ah bien ! ah bien ! ricana le contrebandier en clignant de l'œil, ça fait qu'on verra sa façon de manier un fusil ! Paraîtrait qu'il aurait appris à bonne école.

Margot se sentit rougir. Elle siffla ses chiens et sortit de la cuisine, laissant ses domestiques et ses hôtes commenter son départ à leur guise.

VI

Il arriva que Margot, le lendemain, étant sortie pour promener ses chiens dans la forêt, se trouva inopinément en face de son beau cousin Fritz Kœpling. La joie qu'elle aurait éprouvée quelques jours plus tôt de cette rencontre ne laissa pas que d'être fort tempérée par les récents commentaires de ses domestiques. Même, peut-être, aurait-elle esquivé l'entrevue si la chose eût été possible, mais elle ne l'était pas.

L'Allemand s'avançait triomphalement vers elle, un large sourire découvrant ses dents fortes parmi sa barbe rousse.

— Charmé de vous rencontrer, très aimable cousine, dit-il, la main tendue.

Margot sourit faiblement.

— Et où allez-vous ainsi, belle demoiselle ? continua le galant marchand de bois, de son air le plus gracieux.

Margot sortait seulement. Elle répondit pourtant :

— Je rentre à la Fouqueray.

Car elle avait trop le sentiment des convenances pour se promener seule dans la forêt avec un homme qui lui faisait la cour, fût-il même le fiancé de son cœur.

— Voulez-vous me permettre de vous y accompagner ? demanda aussitôt avec empressement Kœpling.

Et il ajouta en riant :

— Je vous dois, du reste, une visite de digestion pour votre excellent repas de l'autre jour.

Margot répondit :

— Ma grand'mère sera très heureuse de vous voir ; nous prendrons une tasse de café dans sa chambre. Cela nous réchauffera.

L'Allemand fit la grimace. Il détestait et redoutait à la fois la pauvre folle, dont les yeux déments lui semblaient toujours fouiller au plus profond de son âme. Car Fritz Kœpling n'aimait pas plus à ce qu'on fouille son âme que sa bourse.

Mais il réprima vite son mouvement de contrariété, et poursuivit, mielleux :

— Votre rôti de chevreuil était véritablement exquis, très aimable cousine. J'avoue n'en avoir jamais goûté de meilleur.

Une réponse comique, intempestive, vint aux lèvres de Margot. Elle faillit crier.

— C'est que ce chevreuil était votre compatriote ! qu'un braconnier de France l'avait enlevé à la barbe des douaniers prussiens !

Mais elle se garda bien de laisser échapper une aussi imprudente exclamation et se contenta de répliquer modestement :

— Oui, ma vieille Nastasie ne l'avait pas accommodé trop mal. Elle a le *chic* pour les marinades et les sauces chasseur.

— Ah ! c'est un grand talent, fit Kœpling, en hochant la tête, un grand talent pour une femme de savoir bien cuisiner. Mais vous ne me ferez pas croire, très aimable cousine, que vous ne soyez pas pour beaucoup dans les savantes combinaisons de votre vieille servante !

Evidemment, « savoir cuisiner » était le talent qu'il appréciait le plus chez une femme. Et peut-être l'excellente table de la Fouqueray avait-elle agi sur son *cœur* autant que les doux yeux de Margot.

Cependant les deux promeneurs venaient d'arriver à la grille du vieux domaine. Les chiens s'élancèrent en avant, dans l'avenue, avec des abois joyeux.

Nicolas, qui nettoyait les fusils dans la cuisine, mit la tête à la fenêtre.

— Malheur ! s'écria-t-il, v'là encore le rouquin qu'*elle* nous ramène !

Nastasie s'empressait pour ouvrir la porte du vestibule.

— Monte-nous du café chaud chez ma grand'mère, ma bonne, lui dit péremptoirement sa jeune maîtresse. Et tâche de nous faire lestement des gaufres.

— Quelle gâterie ! s'écria l'Allemand.

Il riait en se frottant les mains, escomptant déjà le plaisir de la gourmandise.

Margot, vivement débarrassée de ses fourrures, le précéda en courant dans l'escalier.

— Grand'mère ! s'écria-t-elle en ouvrant la porte de son aïeule, je vous amène une belle visite, mon cousin.....

— Jean de Louchbach ! interrompit la folle avec une soudaineté qui stupéfia sa petite-fille.

— Non, grand'mère, non ! C'est Fritz Kœpling.

La silhouette massive du visiteur s'encadrait dans le chambranle de la porte.

Une ombre passa sur le visage émacié de la démente.

Fritz Kœpling fit celui qui n'a rien entendu, rien vu. Il s'avança souriant vers la vieille dame et s'inclina très bas, en lui présentant respectueusement ses hommages.

Mais elle demeura de glace, à l'extrême contrariété de sa petite-fille.

Déjà, en plusieurs circonstances, Margot avait remarqué que son aïeule répétait inconsciemment des phrases toutes faites qu'elle avait surprises, ou reflétait dans ses discours incohérents, des opinions émises, avec ou sans intention, devant elle. Margot ne douta pas une minute que Nastasie eût monté la tête à la pauvre folle contre Fritz Kœpling, en même temps qu'elle lui chantait les louanges dithryrambiques de Jean de Louchbach. Et le dépit qu'elle en éprouva la rendit d'autant plus empressée vis-à-vis de son hôte. Ah ! c'était trop fort, à la fin ! Cela dépassait les bornes ! Aller jusqu'à mettre sa pauvre grand'mère dans le complot ! Non, non, elle ne le supporterait point !

Et, dominant sa colère et son trouble, elle combla son cousin d'attentions, l'installant dans le meilleur fauteuil, l'engageant à se chauffer les pieds « sur les chenêts », l'étourdissant d'un bavardage un peu factice, mais si bien intentionné ! Lui, ravi, se laissait faire, pris au charme de cette jolie fille, totalement oublieuse de la vieille folle, qui les regardait tous les deux, muette et sombre, ainsi qu'un menaçant fantôme.

Nastasie, bientôt, apporta le café brûlant dans son pot de faïence peinte, qu'elle posa devant le feu, et une belle pile de gaufres dorées sur un plat d'étain à l'antique.

Fritz Kœpling s'exclama, complimenta la bonne femme, qui finit par sourire, montrant toutes les brèches de sa triste denture.

Mais le marchand de bois ayant commis l'imprudence d'ajouter, en se tournant vers Margot :

— Elles sont merveilleuses, les gaufres de Nastasie ; je gage qu'elle vous en a donné la recette !

Brusquement, la vieille Lorraine se rembrunit et cria :

— Si vous comptez qu'elle vous en fera, des gaufres, not' demoiselle !

Puis, honteuse de son exclamation soudaine, elle tourna les talons et s'enfuit.

Margot était devenue écarlate.

Fritz Kœpling prit le parti de rire aux éclats, comme d'une excellente farce :

— Est-elle drôle, cette bonne femme, est-elle drôle ? Ces anciens serviteurs, ça bougonne toujours !

Mais il avait compris la pensée de la vieille.

Et, tandis qu'il s'en allait, une demi-heure plus tard, bien gavé de ses gaufres, arrivé au bout de l'avenue, il se retourna vers la Fouqueray, tendit un poing menaçant et grommela dans sa langue maternelle :

— Toi ! sorcière ! Si je te tiens jamais, je te ferai passer le goût du pain, je t'en réponds !

VII

Dès le point du jour, le lendemain, Cyrille arrivait à la Fouqueray.

Margot l'attendait en se chauffant près du feu de la cuisine. Elle avait revêtu pour la circonstance une jupe de velours à côtes, fort courte, laissant voir ses jambes fines guêtrées de cuir. Elle passa une veste en peau de loup, assujettit bien sur sa tête un bonnet de loutre, mit de longs gants fourrés, jeta son fusil sur son épaule et partit joyeusement avec son frère de lait.

Nicolas suivait en ronchonnant, selon sa coutume. Les deux bassets couplés, Ravageot et Farandole, trottinaient en frétillant. Pif et Paf couraient de côté et d'autre.

Le rendez-vous était fixé à la Roche-Branlante, la plus haute et la plus grosse de la montagne.

Les chasseurs y arrivaient sans bruit, armés généralement de vieilles rouillardes et suivis de *cabots*, dont le seul aspect eût fait partir d'un fou rire les élégants sportsmen de la banlieue parisienne. Mais les cabots des Vosges, en dépit de leur minable aspect, valent leur pesant d'or pour les battues de montagne en temps de neige.

Au pied de la roche, le maire de Saint-Arnould, M. Copin, gesticulait beaucoup. C'était un gros homme, ventru et rubicond, qui cumulait le double métier de maquignon et d'aubergiste. Bien habillé de fourrures, les mollets entortillés de lanières de cuir, la casquette de renard largement rabattue sur les oreilles, le carnet en sautoir, il donnait avec volubilité ses derniers ordres.

Près de lui, déguenillé et grotesque, le fils Follavoine, l'*innocent*, promu au rang de piqueur, s'efforçait de rassembler sous le fouet tous ses chiens de bergers, barbets et mâtins avec leurs variétés et leurs sous-variétés infinies. Peut-être n'y serait-il point parvenu sans l'aide empressée des polissons destinés au rôle de traqueurs, et parmi lesquels se distinguaient au premier rang Amable, Prosper et Désiré Hulot (on avait gardé à la scierie le petit dernier de la bande, Félix, comme étant trop petit pour participer à la fête, précaution qui le rendit malade de rage). Tous ces chiens clabaudaient à qui mieux mieux et accueillirent par des abois frénétiques les quatre chiens de Margot, quand ils se précipitèrent dans leurs rangs.

Autour de la Roche, des tireurs causaient entre eux à voix basse, par petits groupes, en soufflant dans leurs doigts. Le père Hulot, le vieux Follavoine, le grand Malgras étaient là ; Hans Weber était là aussi, dans un coin tout seul, fumant sa pipe.

D'autres chasseurs arrivaient encore de différents côtés. Fritz Kœpling apparut en complet attirail, la cartouchière en sautoir, ainsi qu'un Circassien, armé d'une carabine à répétition du dernier modèle. Deux ou trois notables de Plainfaing l'accompagnaient. De loin, il salua Margot, affectant de ne point vouloir troubler le silence auguste de la forêt.

Puis on vit surgir entre deux roches la silhouette pesante du digne Théodule Thierry, tellement emmitouflé dans ses vêtements épais, qu'à peine le reconnaissait-on. Un boucher de Fraize l'avait amené qui brandissait un vieux chassepot.

Mais un mouvement se fit. Le forestier Simon distribuait les postes, plaçait habilement les tireurs à toutes les coulées d'animaux, sûr d'avance du chemin que prendraient les bêtes traquées, car personne mieux que lui ne connaissait la montagne, dans les fourrés de laquelle, prétendait-on, il passait plus de nuits que dans son lit à dormir.

Comme il arrivait à Cyrille, Margot surprit un regard d'intelligence entre les deux hommes. Le forestier dit tout haut :

— Toi et la demoiselle au carrefour de l'Homme-Mort !

Et Margot l'entendit ajouter tout bas :

— T'auras Follavoine et Nicolas sur ta droite ; M. Thierry et le boucher sur ta gauche. Vous serez bien.

Cyrille, sans répondre, acquiesça d'un geste.

Margot eut une moue de dépit. C'était un coup monté pour l'éloigner de Kœpling.

Cependant Joseph, avec les polissons et les chiens, commençait à gravir les dernières rampes de la montagne pour atteindre le lieu dit « Le Haut-de-la-Faite » en le prenant à revers, de façon à rejeter tous les animaux qu'il y lèverait sur le penchant des bois regardant Saint-Arnould, là où venaient de se placer tous les tireurs. Les cabots trottinaient en silence sur ses talons, et les polissons se poussaient avec des bourrades joyeuses.

Mais quand l' « innocent » fut arrivé sous le vent de la crête, il disposa tous ses chiens en ligne, avec l'aide de ses traqueurs, deux ou trois chiens par polisson. Puis, brusquement, avec de grands cris, des coups de trompe et des coups de fouet, il précipita la ligne entière à l'assaut de la hauteur, la dépassa et redescendit à fond de train de l'autre côté, menant un tapage infernal sur sa route.

Et, devant la meute hurlante, retentit soudain une galopade effrénée de sabots, martelant la neige durcie en dévalant des sommets.

Alors, de droite et de gauche, partout, éclatèrent des coups de feu, dont l'écho se multipliait à l'infini sur les rochers. Des nuages de fumée montaient dans l'air calme, bleu, extraordinairement clair ; l'odeur de la poudre prenait à la gorge ; et de-ci, de-là, une plus âcre odeur soulevait le cœur, celle du sang répandu des bêtes noires.

Entre Nicolas et Cyrille, une grosse laie passa, suivie de toute sa portée. Cyrille abattit la mère, Margot tua un marcassin.

Il y eut neuf victimes dans cette première enceinte.

Lors, on revint à la Roche-Branlante pour y casser une croûte.

Les hommes allumèrent un grand feu. Chacun tira ses provisions frugales : œufs durs, saucissons et pain bis. On fit chauffer le café, et l'arome violent des gourdes à eau-de-vie débouchées se mêla, sous les sapins, à l'odorante fumée des pipes.

Cependant Margot, par bravade, avait fait signe à Fritz Kœpling de la rejoindre, et il était venu sans façon s'installer sur une pierre en face d'elle et de son tuteur. Théodule Thierry ne broncha point ; mais quand Margot se retourna, elle ne vit plus son frère de lait. Le braconnier avait disparu.

Fritz Kœpling, très gai, ne tarissait pas en plaisanteries. Margot lui donna la réplique, se moqua de lui parce qu'il n'avait rien tué.

— Je n'ai rien vu ! répétait-il.

Et, interpellant le maire de Saint-Arnould, il lui reprocha en riant de l'avoir mal posté exprès, pour lui faire honte devant sa cousine Brixen.

Le gros maquignon se défendit bruyamment :

— Est-ce possible ! Que me dites-vous là ! Vous n'avez pas tiré un coup de fusil ! Mais ce sera pour tantôt, allez ! Voilà le vent qui a tourné tout exprès. Nous allons pouvoir battre les Bois Sauvages. Bonne affaire ! Et m'est avis, par-dessus le marché, ajouta-t-il en clignant de l'œil, que nous pourrions bien rencontrer par là autre chose que des cochons !

Bientôt, Simon s'affaira de nouveau pour poster les chasseurs, et l' « innocent », infatigable, entraîna encore sa troupe sur un petit plateau rocheux appelé le Noir-Brocard, d'où il devait la jeter dans les fonds de Ménonrupt.

Et, par une coïncidence curieuse, Margot et son frère de lait se trouvèrent encore placés entre les mêmes tireurs.

Simon les avait mis cette fois dans un creux, à flanc de coteau, appelé le Trou-du-Tétras, où l'on disait que les poules de bruyères nichaient en la saison. Il y avait là une roche baroque et surplombante, d'où tombaient des cascades de lierre enchevêtrées parmi les ronces.

La coulée des grands animaux se trouvait juste au-dessous de cette roche, entre elle et le sapin gigantesque contre lequel s'appuyaient les tireurs.

Cyrille, penché en avant, écoutait.

— Attention ! fit-il à mi-voix, en se tournant un peu vers sa compagne.

Mais elle jeta un cri dont elle ne fut pas maîtresse.

En face d'eux, campé sur la roche, un grand dix cors détachait sur le ciel pâle sa silhouette vigoureuse et sa ramure splendide.

Cyrille épaula vivement.

Margot le saisit par le bras.

— Non ! oh ! non ! cria-t-elle, c'est trop beau !

Mais déjà l'animal, d'un bond léger, disparaissait dans le fouillis des roches inférieures, vers le bas de la montagne.

— Quel dommage ! murmura le braconnier.

Un coup de feu lui coupa la parole. Quelqu'un, en dessous d'eux, venait de tirer le grand cerf.

Cyrille étouffa un juron.

— Carabine américaine ! s'écria-t-il. C'est ce damné Prussien de malheur.

Margot ne répliqua rien.

Oui, c'était Fritz Kœpling qui avait abattu le roi de la forêt, du premier coup de sa fameuse carabine à répétition.

Quand tout fut terminé et que se rassemblèrent les chasseurs au son de la corne du père Copin, Margot trouva l'heureux Fritz au centre d'un groupe d'admirateurs qui s'extasiaient sur son adresse et la majestueuse beauté de sa victime.

Du plus loin qu'il aperçut la jeune fille, il tira son bonnet en criant avec orgueil :

— Vous m'avez porté bonheur, charmante cousine, en daignant trinquer avec moi !

Mais, avant que Margot eût trouvé un mot à répondre, Cyrille Hulot déclara rudement :

— Si le grand cerf est descendu jusqu'à vous, c'est qu'*elle* m'avait défendu de le tirer !

Un froid tomba. Quelques bonshommes hochèrent la tête. Le juge de paix de Laveline, toujours conciliant, prononça d'un ton paterne :

— Ma pupille est poétique. Elle a le cœur tendre à l'égard du plus bel animal de nos forêts, et se montre seulement impitoyable à l'endroit des bêtes nuisibles.

Fritz Kœpling se mordit les lèvres sous sa barbe rousse.

Mais déjà s'avançaient les schlittes, au nombre de trois, et attelées de deux bœufs chacune, sur lesquelles on chargea les quatorze victimes de la journée. Puis le convoi se mit en marche, en glissant lentement sur la neige, depuis les fonds de Ménonrupt jusqu'au village de Saint-Arnould.

La nuit tombait dans la vallée. Quelques hommes portaient des torches résineuses, qu'ils élevaient en chantant pour éclairer la route. Les flammes rouges pétillaient en envoyant vers le ciel des tourbillons de fumée âcre. Autour des naseaux des bœufs, une buée flottait qui retombait, congelée, sur leurs fronts. Les pipes des vainqueurs piquaient de points lumineux le voile gris du crépuscule. En avant du cortège, l' « innocent » cornait de toutes ses forces, et ses cabots répondaient en chamaillant derrière lui, tandis que tireurs et traqueurs, vannés et morfondus, s'en allaient les mains enfoncées dans leurs poches et la neige craquant sous leurs souliers ferrés.

A Saint-Arnould, toutes les femmes attendaient sur le pas de leurs portes, des groupes de marmots suspendus à leurs jupons. Ce furent des cris d'allégresse à la vue du butin, et vite le maire ordonna le partage.

Les plus adroits dépouillèrent leurs habits, retroussèrent leurs manches de chemise et se mirent à dépecer les bêtes, là, sur la place publique, malgré le froid violent, aux premiers rayons de la jeune lune.

A ce moment-là, Cyrille Hulot, dont l'attention ne se relâchait jamais, découvrit une chose étrange.

Pendant que tous les regards étaient rivés à la curée sanglante, il s'aperçut que Hans Weber se rapprochait insensiblement de Fritz Kœpling, comme pour mieux voir le spectacle, et qu'il lui glissait deux mots à l'oreille sans tourner la tête. L'Allemand répondit de la même façon, et le bandit passa plus loin.

— Ils complotent donc ensemble, pensa Cyrille. Je m'en doutais un peu. Nous surveillerons cela.

S'il avait été libre, il aurait suivi l'un ou l'autre des deux hommes, le soir même, en dépit de sa fatigue. Mais une complication inopportune l'en empêchait. Son petit frère Prosper avait trouvé moyen de se faire bousculer par un jeune sanglier, qui l'avait légèrement atteint au-dessus du genou. Il geignait depuis lors, ne cessait de se lamenter.

Le grand Malgras venait de l'emmener chez lui pour le faire *panser* par sa femme qui était une manière de rebouteuse et de sorcière à la fois.

Cyrille était bien obligé d'aller l'y reprendre, car l'enfant ne serait plus en état de marcher ; et que dirait la Hulotte si on ne lui ramenait pas ses petits gars au complet ?

La Malgras passait dans le pays pour posséder le secret des guérisons miraculeuses. Elle le tenait de famille, disait-on. Elle descendait d'une troupe de bohémiens, venus jadis en Lorraine à la suite des Pandours. Sa grand'mère n'avait point eu sa pareille pour jeter des sorts, prétendait-on. Elle-même ne connaissait pas de rivale dans l'art de composer des philtres. Et les gens venaient la consulter de très loin, aveuglément confiants en sa puissance occulte.

Ce n'était certes pas une demeure confortable que celle de la sorcière. Elle occupait une très vieille bicoque au toit démesuré, sur le derrière du village et à côté d'une mare boueuse où pullulaient les sangsues.

Cyrille trouva son petit frère dans la cuisine sordide, au milieu de tous les membres de la famille Malgras, qui examinaient avec intérêt sa blessure.

Il était assis sur une chaise de bois, sa jambe nue posée sur un escabeau, sous la lueur d'une chandelle que tenait la fille aînée de la maison, une gamine de treize ans, maigre et malpropre. Le père, debout, immobile, regardait, les mains dans ses poches, en tirant de grosses bouffées de sa grande pipe. Trois ou quatre marmots s'affairaient autour.

La mère Malgras, la Dorothée, la *panseuse*, agenouillée devant la table, mélangeait lentement une composition brunâtre et gluante dans un petit pot, avec un bâtonnet, en répétant, comme une leçon apprise, et d'une voix blanche et sans timbre :

— Voilà l'onguent souverain qui guérit toute blessure faite par la dent cruelle du solitaire de la forêt. C'est lui-même qui nous fournit le remède. Nul autre animal de la création ne saurait prévaloir contre son venin. Ceci est de la graisse d'un jeune sanglier mâle, tué pendant la pleine lune et aromatisée d'herbes inconnues aux profanes et cueillies par moi, la voyante, sur la montagne, les nuits où se répondent les orfraies.

Ayant terminé ces préparatifs indispensables, la Dorothée, toujours à genoux, éleva par trois fois ses bras et ses regards vers le ciel, en répétant chaque fois des invocations bizarres en une langue mystérieuse.

Véritablement, cette femme était impressionnante ainsi, avec sa face pâle inspirée, ses cheveux noirs en désordre, ses yeux ardents, aux lueurs fauves.

Mais elle se calma soudain, reprit le petit pot, s'approcha de l'enfant terrifié et se mit en devoir de panser sa plaie, qu'elle banda ensuite dans toutes les règles de l'art, ainsi qu'une infirmière professionnelle.

Après quoi, elle reprit son ton de pythonisse pour commander à son malade :

— Va ! et ne crains plus ! Tu es sauvé !

L'enfant essaya aussitôt un mouvement. Mais ce mouvement lui arracha un cri.

— Comment vais-je l'emporter ? demanda anxieusement son grand frère. C'est qu'il est déjà lourd !

— Ne te tracasse donc point, répondit le père Malgras. Les autres petiots sont allés quérir la civière à porcs de not' maire. Nous l'emporterons dessus nous deux. Il y sera joliment bien.

Et, en effet, Amable et Désiré ne tardèrent point à paraître, amenant l'instrument fatal sur lequel on étend les porcs, en Lorraine, pour les saigner et les ouvrir.

On y installa immédiatement le blessé sur une bonne brassée de paille, toujours à l'instar d'un « habillé de soie ». Cyrille et Malgras enlevèrent la machine.

Et ce fut en cet équipage que le jeune Prosper Hulot rentra triomphalement à la Chambre au loup, le soir de la grande battue aux sangliers.

VIII

L'enfant, d'ailleurs, ne resta pas éclopé longtemps. La Dorothée venait chaque jour à la scierie le « panser du secret » avec son petit pot d'onguent, qu'elle ne confiait à personne, et ses rites étranges que contemplait la Hulotte, les yeux ronds écarquillés d'une admiration craintive.

Quand l'opération était finie, on servait le café et la goutte, ces éternels stimulants des montagnards, dont la Dorothée prenait sa part largement sans peur.

Un jour de neige, fine et légère, Margot apparut inopinément à la Chambre au loup, entourée de sa meute et le fouet à la main.

Elle trouva les deux femmes trinquant ensemble, près du grand lit clos où reposait le jeune patient.

On parlait de Hans Weber, comme par hasard.

La Malgras déclarait doctoralement, en secouant sa tête noire :

— Oui, c'est un faux frère ; je vous l'ai toujours dit. Rien de bon ne peut venir d'un chien d'anabaptiste.

Car la Malgras se vantait d'être une excellente chrétienne. Elle « pansait du secret », assurait-elle, par les mérites des saints, et mélangeait volontiers de l'eau bénite à ses drogues dans les cas les plus graves.

La Hulotte lui demanda craintivement :

— Crois-tu qu'il nous attrape encore ?

L'autre ne se compromit point :

— S'il doit vous repincer, l'un ou l'autre de chez vous, il vous repincera, c'est sûr. Tout ce qui est écrit est écrit.

Margot, agacée, interrompit un peu vivement la prophétesse.

— Vous êtes fataliste, Dorothée, moi pas !

— C'est que vous avez seulement étudié dans des livres écrits par la main des hommes, demoiselle. Si vous aviez appris à déchiffrer le grand livre de la nature, comme moi, vous ne parleriez pas ainsi.

Et, levant son doigt maigre en un geste solennel et tragique :

— Pensez-vous, demoiselle, que je ne sache point connaître les signes des étoiles ni comprendre le langage des bêtes et des choses ? Rappelez-vous mes paroles ! Tout ce qu'apporte chez nous le vent *solaire* nous est fatal ! Hans Weber, l'anabaptiste, vient d'au delà des monts. Mais il n'est pas le seul, demoiselle, et de l'autre homme je ne veux point parler devant vous !

Margot, rougissante, détourna la tête. Mais la Hulotte, moins circonspecte que la Dorothée, s'empressa d'insister en criant :

— Vent de l'Est, de l'Allemagne. Tu entends, not' fille ! Tu entends bien ! Méfie-toi ! Prends garde !

Margot, poussée à bout, se fâcha :

— Est-ce à mon cousin Fritz que vous faites si aimablement allusion toutes deux, déclara-t-elle en colère. Je vous remercie. Vous êtes polies pour ma famille !

Mais la Dorothée rétorqua prestement :

— Il y a toujours quelque brebis galeuse dans la meilleure des bergeries. Un Judas ne se trouvait-il point parmi les douze apôtres choisis par le Seigneur ? Seulement, aujourd'hui, ajouta-t-elle mordante, les Judas ne se pendent plus de désespoir, et ils gardent jalousement les trente deniers de leur trahison !

Cette fois, Margot se leva et quitta la Chambre au loup, furieuse contre la « voyante » et bien décidée à se plaindre à son frère de lait et à lui faire une scène.

N'était-ce point trop fort, à la fin ? Est-ce qu'elle n'était pas libre d'aimer son cousin Fritz ? Pourquoi tous ces gens de la montagne lui en voulaient-ils donc tant ?

Cependant, deux ou trois jours plus tard, Prosper Hulot, faisant honneur à sa cure miraculeuse, put commencer à se promener avec une canne. Il vint jusqu'à la Fouqueray, où Margot

lui fit fête. Lui, du moins, ne lui parlait jamais de Kœpling !
On bavarda près du feu de la cuisine, tandis que Nastasie défour-
nait une belle tourte et que Nicolas débouchait deux bouteilles
de bière de Tantonville.

Cyrille apparut à la brune pour chercher son petit frère. Il
sortait manifestement du bois et semblait exténué de fatigue.
Pourtant il ne rapportait aucun gibier et ne raconta point ce
qu'il avait été faire sur la montagne. Cela dérouta Margot, dont
les projets de querelle s'évanouirent.

Quand les deux Hulot furent partis, la jeune fille monta
souper près de sa grand'mère, ainsi qu'elle en avait l'habitude
lorsque la pauvre vieille n'était pas trop nerveuse. Il n'y avait
pas de vent ce soir-là, et la malade était relativement paisible,
car le vent avait la plus désastreuse influence sur son état, et les
nuits de tempête on ne pouvait plus en venir à bout.

Margot partagea donc le léger repas de son aïeule, puis elle
aida Nastasie à la déshabiller et à la mettre au lit ; elle alluma
la veilleuse de porcelaine, sur laquelle mijotait toute la nuit
une infusion de tilleul ; elle remit la pendule à l'heure et traîna
indéfiniment par la chambre.

Elle n'avait point sommeil. Dans ce grand calme de la
nature et ce silence absolu de la nuit, toutes les difficultés de
sa situation lui apparaissaient soudain avec une effrayante
netteté.

L'antagonisme de ses deux prétendants, les conseils éner-
vants de son entourage, les réflexions amères, les sous-entendus
continuels dont elle était l'objet, toutes ces choses déplaisantes
qu'elle s'efforçait vainement, depuis huit jours, d'écarter de sa
pensée s'imposaient maintenant à son esprit sous la forme
d'un point d'interrogation terrible : qui allait-elle choisir ? Se
soumettrait-elle à son tuteur, se révolterait-elle contre son
autorité ? Autrement dit, épouserait-elle Jean de Louchbach ou
Fritz Kœpling ? Car, pour jeune et pour peu expérimentée
qu'elle fût, Margot savait très bien que toute la question se
réduisait à ce dilemme. Elle se rendait aussi parfaitement
compte que jamais son tuteur ne donnerait son consentement
à son mariage avec le marchand de bois. Mais, à son âge,

pareille éventualité ne semble point insurmontable. Margot se disait qu'elle attendrait sa majorité pour passer outre, voilà tout.

Mais aimait-elle assez Fritz Kœpling pour se condamner, en son honneur, à trois ans de persécutions sans trêves et de luttes sans merci ?

A cela Margot évitait de se répondre à elle-même. Elle ne voulait pas s'avouer qu'un immense orgueil la poussait surtout à tenir tête à l'orage pour soutenir le candidat de son choix. Si seulement Jean de Louchbach, « le vieux Jean », n'était pas revenu ! Elle l'avait si bien oublié ! Pourquoi les futiles et charmants souvenirs de leur intimité d'enfant lui revenaient-ils en foule ?

Margot se secoua, impatientée, et regarda autour d'elle.

Nastasie avait disparu. La vieille dame Brixen dormait déjà, très tranquille, son visage flétri et habituellement contracté aussi détendu que celui d'une morte.

Margot se glissa dehors, sur la pointe des pieds, et gagna sa chambrette qui était contiguë à la chambre de sa grand'mère, et la dernière de ce côté-là, sur le jardin.

Les deux vieux domestiques logeaient de l'autre côté du couloir en face, leurs fenêtres ouvrant sur la cour et l'avenue.

La chambre de la jeune fille n'était pas vaste. Elle n'avait qu'une fenêtre, mais jouissait de l'agrément d'une « poivrière » accrochée à l'angle de la maison, et que Margot avait fort artistement agencée en oratoire. Au reste, toute son installation révélait son bon goût. Elle avait rassemblé là le peu de meubles antérieurs à la Révolution que recélait son domaine ; elle s'en était fait donner quelques-uns par son parrain, à l'occasion de ses anniversaires ; en avait déniché d'autres chez des voisins, et s'était constitué ainsi un petit sanctuaire Louis seizième, qui ne manquait ni de charme ni de discrète élégance.

Mais l'héritière de la Fouqueray, par cette froide soirée de novembre, ne nourrissait assurément pas des pensées en harmonie avec les bergerades « trianonesques » de sa poétique demeure.

Elle regarda son lit d'un air maussade, bourra de bois son feu, se jeta dans une bergère, essaya de lire pour se distraire.

Mais le livre glissa de ses mains sur ses genoux, de ses genoux sur le tapis.

Soudain, l'horloge lointaine du clocher bulbeux égrena lentement onze coups.

Margot frissonna. Elle éprouva brusquement cette impression de refroidissement inévitable à toute personne veillant seule et en silence, même à côté du feu. La jeune fille se souvint d'un épisode, raconté par les religieuses de son couvent, au sujet d'un saint Franciscain espagnol. Quand il avait par trop froid dans sa cellule, dit la légende, il ouvrait sa fenêtre en rejetant son capuchon sur son dos. Puis il refermait la fenêtre et se recouvrait la tête de son capuchon de bure. C'est ainsi qu'il se réchauffait.

Margot s'avança vers la croisée, l'ouvrit doucement et regarda dehors. Le froid était violent, mais l'air calme. On ne voyait que du blanc dans le jardin. Les arbres, les buissons, les buis des parterres, tout disparaissait sous la même couche d'ouate immaculée. Et, au-dessus de cette blancheur universelle, la voûte sombre du ciel sans lune s'étendait plus noire, semblait-il, par le contraste, et constellée de points lumineux qui paraissaient de givre d'or. Ayant contemplé les astres avec une pieuse admiration, Margot rabaissa ses yeux sur le tapis de neige qui recouvrait son domaine.

Mais quelle était donc cette forme grise, là, dans l'ombre du houx gigantesque ? Margot se fit un écran de sa main pour mieux voir. C'était un gros loup en train de dévorer quelque menu fretin de gibier, hérisson ou corneille. D'un mouvement instinctif, Margot avait couru décrocher son fusil. Mais la réflexion l'arrêta.

— Non, je ne peux pas tirer ; c'est impossible. Cela épouvanterait ma grand'mère ! Pauvre femme ! Elle croirait entendre le canon qui a tué mon pauvre papa, son cher fils !

Et, soupirante, Margot referma la fenêtre et raccrocha son fusil. Ses yeux s'étaient remplis de larmes.

— Ah ! si je l'avais encore, mon pauvre papa ! Si j'avais ma chère maman ! Je ne serais pas si malheureuse !

Elle s'endormit en pleurant.

IX

Les chasseurs à pied de Saint-Dié évoluaient lestement dans la neige.

On les avait divisés en deux groupes différents, selon l'usage. Les « manchons blancs », figurant l'ennemi, attaquaient furieusement les « képis bleus » représentant les troupes françaises qui occupaient solidement une petite ferme accrochée aux pentes abruptes de la montagne.

Les coups de fusil crépitaient dans l'air sec, une flamme courte jaillissait sans fumée. De-ci, de-là, un signal de sifflet, entendu à peine, modifiait une formation, accélérait ou ralentissait le feu. Au reste, pas un cri, pas une sonnerie de clairon ; jamais d'hésitation dans le commandement ni de flottement dans ses lignes, mais une précision de mouvements mathématiques, et cette allure endiablée et si française qui est la gloire des « vitriers ».

A vrai dire, ce genre de spectacle, si pittoresque soit-il, se répète trop souvent aux alentours de la frontière pour exciter à la longue le même intérêt chez les populations. Et, cependant, il y avait foule sur la route longeant le champ de bataille, et les gens regardaient, battaient des mains.

C'est que l'action offrait, ce jour-là, un attrait tout nouveau à la curiosité publique. Les petits chasseurs, pour la première fois, se servaient officiellement du *ski*. Une quinzaine d'hommes et de gradés, commandés par un sous-lieutenant, *éclairaient* l'ennemi en glissant comme des flèches sur la neige dure, allant, venant, se dérobant avec une rapidité vertigineuse.

Près d'un groupe de montagnards, un jeune cavalier, très droit sur sa selle, dévorait du regard la scène alpestre et guerrière.

Il portait crânement la tenue élégante et sobre des forestiers. Et, avec son teint clair, ses yeux très bleus, sa longue moustache blonde, il incarnait bien le type des vieux Gaulois de la chanson lorraine.

On chuchotait autour de lui.

— C'est le nouveau garde général. Hein ! Quel beau garçon !

Mais les yeux ardents de Jean de Louchbach venaient de s'assombrir tout à coup. Ses regards étaient tombés sur une silhouette odieuse, celle d'un géant roux, le kodak à la main, qui circulait effrontément sur le terrain de l'action, en déclanchant son appareil, semblait-il, à chaque enjambée de ses grosses bottes.

Le forestier n'y put tenir.

Détournant son cheval et le glissant derrière une ligne de buissons, il arriva sans bruit sur l'Allemand, au moment précis où, pour la dixième fois sans doute, il venait de saisir la martiale figure du chef des « éclaireurs ».

Fritz Kœpling eut un sursaut.

Le forestier lui dit tranquillement, mais sans lui tendre la main :

— Vous me montrerez vos épreuves, j'espère. J'ai la manie des photos, des militaires surtout.

Et comme l'Allemand se taisait, embarrassé et furieux, Jean poursuivit d'un ton badin, le bout de son stick sur le kodak :

— Vous devez en avoir une fameuse collection là-dedans, depuis le commencement de la manœuvre !

L'homme roux fit la grimace en essayant de sourire.

— Oh ! quelques-unes, seulement, les choses les plus intéressantes !

— Oui, les portraits des officiers, reprit Louchbach en se penchant pour enlever une feuille morte restée dans la crinière de son cheval.

Fritz Kœpling le regarda de côté, un éclair de rage dans les yeux.

Mais, se dominant soudain, il répliqua posément :

— C'est pour les exercices du ski que je suis venu. C'est très curieux, tout à fait original.

Le forestier le dévisagea :

— Vous avez dû pourtant déjà voir de ces exercices-là. On doit en faire en Prusse.

Fritz Kœpling feignit de ne pas entendre.

— Tenez ! tenez ! cria-t-il vivement, le bras tendu. Regardez !

Est-ce assez joli, cette sortie du « parti bleu » ! Comme ils courent ! Voyez ! ils rejettent les « manchons blancs » en désordre jusqu'en bas de la montagne ! N'est-ce pas splendide ?

— Non, répliqua froidement le forestier. C'est très ordinaire pour des Français. Nous appelons ça, nous autres, nous faire jour à la baïonnette !

Et, sans ajouter une parole, tournant son cheval, Jean de Louchbach repartit dans le plus harmonieux des galops.

Comme il arrivait, la manœuvre finie, auprès de l'état-major, un officier l'appela :

— Hé ! Louchbach !

— Mon capitaine ?

— Vous connaissez ce bonhomme roux, là-bas ?

— Je le connais.

— Qu'est-ce qu'il fiche donc depuis ce matin avec son instrument à clichés, autour de nous ? Est-ce un photographe de profession, un fabricant de cartes postales ?

— C'est un marchand de bois, mon capitaine.

— Hum ! voilà qui est assez bizarre !

Et, braquant sa lorgnette sur le personnage en question, l'officier ajouta :

— Un fameux type de reître !

— Oui, répondit Louchbach avec beaucoup de sang-froid. Mais il n'est pas de *leur* active. Avant de s'établir à Plainfaing, il travaillait à Colmar dans les bureaux d'une banque. Il est seulement de la *landwehr*, officier, sans nul doute.

— Et vous le fréquentez ! s'écria le chasseur. Pourquoi ça ?

— Parce que je le hais, mon capitaine ! Parce que je veux le démasquer, le confondre, le bouter hors de France à coups de fouet !

Les yeux du jeune homme étincelaient dans son beau visage devenu livide.

Le capitaine lui tendit la main.

— Mon ami, lui dit-il avec émotion, hâtez-vous d'exécuter une aussi bonne besogne. Ces gens-là n'ont pas besoin de manger notre pain ni de s'égayer avec nos jolis vins de Moselle !

Quelqu'un fut bien surpris ce jour-là de recevoir une visite absolument inattendue et fort impressionnante par-dessus le marché !

Simon, le garde forestier des bois de Saint-Arnould, venait de rentrer chez lui à la nuit tombante. Il avait ôté ses bottes qui séchaient devant le feu, le givre fondait le long de ses vêtements étendus sur des chaises, et, en bras de chemise, les pieds nus dans des savates, l'homme se chauffait béatement, sa pipe à la bouche et son chien entre les jambes. Sa femme, en face de lui, berçait en chantonnant leur poupon, tandis que bouillottait la marmite et que ronronnait le matou, les yeux clos. La flamme seule des ételles de sapin éclairait la scène.

Se méfie-t-on au village ? Le chien, tout à coup, gronda. Une main silencieuse levait le loquet de la porte ; une grande ombre apparut.

Le garde se retourna, étouffant un cri.

— Chut ! fit l'ombre, parlons bas, les murs ont des oreilles !

Et, rejetant son manteau, Jean de Louchbach referma soigneusement la porte au verrou derrière lui.

Simon, médusé, n'osait plus rien dire ; la femme, gauchement, avançait une chaise.

Louchbach demanda sans préambule :

— Allez-vous au bois, cette nuit ?

— Non, mon lieutenant, j'en *deviens*. Mais, s'il le faut, on y retournera bien tout de même !

— Il faut y retourner, Simon, et avec des gars solides pour vous prêter main forte !

La figure énergique de l'homme exprima la stupeur.

— C'est donc pas rapport aux braconniers ? observa-t-il, parce que, pour trouver des gars qui marchent contre eux, c'est pas vrai !

Sans relever la remarque de son garde, Jean de Louchbach poursuivit :

— Ce matin même les chasseurs de Saint-Dié manœuvraient à la Foucotte. Ils faisaient des expériences. Un Allemand y assistait, un espion, qui tirait des photographies, levait des plans, prenait des notes. Je ne *veux pas* que ces machines-là passent la frontière, comprenez-vous, Simon ?

— J'entends bien, mon lieutenant. Mais des fois que le Prussien se servirait de la poste.

— Non. Il se méfie trop. Les postiers sont prévenus. C'est par les bois que ça passera. Quelqu'un viendra chercher les pièces ou quelqu'un les emportera d'ici. D'une façon comme d'une autre, ce quelqu'un-là doit être arrêté en route.

Le garde ne répondit pas tout de suite. Il tira trois ou quatre grosses bouffées de sa pipe, cracha dans les cendres et déclara :

— C'est l'anabaptiste qui porte les dépêches au rouquin !

Jean de Louchbach tressaillit imperceptiblement. Ainsi le garde savait de quel espion il voulait parler ! Tous les gens de la montagne devaient le savoir ! Et Margot, sa Margot aimerait ce misérable ! Mais il ne marqua pas de surprise et demanda seulement :

— Qui ça, l'anabaptiste ?

— Hans Weber, de la vallée de la Saar, un sujet de l'empereur aussi, celui-là.

— Eh bien ! Simon, il faut arrêter l'anabaptiste à la frontière, et cette nuit même, et lui arracher le courrier qu'il emporte en Allemagne.

— On l'arrêtera, mon lieutenant, je vous le jure ! s'écria le garde enthousiasmé.

Et, dès que son chef eut disparu, Simon commença prestement de se revêtir, en changeant de bottes et d'habits, toutefois. Il riait dans sa moustache, répétait enchanté :

— Va-t-il être en colère, l'alboche ! Ah ! il ne pèsera pas lourd ! Je vas quérir le Cyrille de la Chambre au loup, qui est chez eux. Il sait où trouver le grand Malgras, sur la montagne. Nous ramasserons les douaniers en route ! Ah ! ce que nous rigolerons, bon sang !

La femme dit, pleurarde :

— Et s'il vous tirait dessus, ce Weber ?

— Tais-toi donc ? Puisque je te répète que nous serons six ! Même que ça dégoûterait contre un seul homme, si ce n'était pas la chose de la ligne à garder, comprends-tu, Céleste ? Mais,

dame ! en venant de Plainfaing, y a plusieurs coulées bien
faciles, depuis le Gros-Chêne jusqu'à la Roche-qui-Chante ! V'là
pourquoi faut être du monde comme pour une battue, cen-
sément !

Et, riant toujours, le garde jeta son fusil sur son dos et s'en
alla dans la nuit, d'un pas léger, vers la forêt, ne sentant plus
la fatigue, tout à la joie du péril proche, du devoir.

. . . .

Deux heures après, sans bruit, les six hommes étaient postés
habilement aux coulées suspectes par où le traître pouvait
passer, à quelques mètres de la frontière.

Le brigadier des douanes, Blaise Tranquille, s'adossait au
Gros-Chêne ; son subordonné, Lebœuf, était un peu plus loin.
Puis venaient Cyrille Hulot et le grand Malgras. Enfin Simon,
derrière la Roche-qui-Chante.

Un silence absolu régnait sur la montagne. Pas un souffle
de vent, pas un bruissement de feuille morte ni un crissement
d'insecte, car le froid devenait terrible, et il semblait que toute
vie fût ensevelie à jamais sous la neige.

L'attente commençait à paraître longue aux malheureux
immobilisés dans cette faction glaciale, quand un bruit bien
menu, presque infime, attira l'attention du garde, posté plus
haut que les autres. Un être invisible devait ramper entre lui
et Malgras. Le garde modula un sifflement si doux qu'une
oreille aux aguets pouvait seule le saisir.

Le grand Malgras comprit et se déplaça un peu. Alors, devant
lui, une forme apparut, courbée mais rapide, gravissant adroitement la pente de la montagne. Le braconnier lâcha son fusil,
se jeta en avant et, d'un coup de poing sur le crâne, étourdit
l'homme qui roula comme une masse. Déjà Simon accourait.
Ensemble, ils fouillèrent l'anabaptiste, car c'était bien lui, et
ils découvrirent sans peine, dans une grande poche intérieure
de son gilet, un paquet ficelé et cacheté que le garde emporta
triomphalement.

De Hans Weber, on ne s'inquiéta point. Le froid se chargerait
de le remettre promptement sur pied.

Mais, pour fêter la réussite de l'embuscade, Cyrille Hulot invita toute la troupe à venir boire un coup chez ses parents, histoire de se réchauffer. Et les douaniers s'assirent fraternellement à la même table. On avait eu si froid, et le vin chaud de la Hulotte sentait si bon la cannelle !

Et puis le vieux sagard de la Chambre au loup avait trouvé le mot de la situation.

Levant son verre fumant d'une main qui tremblait un peu :

— Camarades ! s'écria-t-il, vous avez besogné pour la patrie ! Trinquons en son honneur ! A bas les Prussiens ! Vive la France !

X

Quand Jean de Louchbach, le lendemain, reçut du garde de Saint-Arnould le paquet si dextrement enlevé à l'émissaire de son rival, il éprouva un sentiment des plus complexes, mélange d'orgueil, de joie, de douleur et de rage. Et il tournait et retournait le pli fatal entre ses doigts, sans avoir le courage de l'ouvrir. Car, si chez lui l'homme et le patriote jouissaient âprement de la victoire, le cœur se serrait à la pensée de Margot, trompée, humiliée, confondue. Pauvre Margot ! Qu'allait-elle devenir en apprenant la trahison de son cher cousin Fritz ! A moins que..... Mais non..... cela ne se pouvait pas..... La fille d'un soldat français, de tant de soldats français, ne renierait jamais sa patrie pour la barbe rousse d'un lansquenet prussien !

Jean, tout à coup, s'aperçut que le garde l'examinait avec inquiétude.

Alors, sans faire sauter les cachets où un F et un K gothiques s'entrelaçaient agréablement, il coupa les ficelles, défit l'enveloppe et mit le butin à jour.

Simon écarquillait les yeux. Il y avait trois rouleaux de films que Louchbach se promit de développer lui-même ; quatre ou cinq topos du champ de bataille et des phases de l'action, dont l'exécution parfaite révélait un professionnel ; enfin un petit cahier de notes, d'une écriture serrée et fine, rédigées en allemand, bien entendu, les appréciations d'un officier de la *land-wehr* sur les exercices des chasseurs à pied de France.

Le garde questionna :

— C'est bien ce qu'attendait mon lieutenant ?

— C'est même mieux que ce que j'espérais, Simon. Merci. Je signalerai votre conduite à qui de droit, la vôtre, celle des douaniers et des bûcherons. Mais rappelez-vous la recommandation que je vous ai déjà faite l'autre jour ! Qu'on fasse le moins de bruit possible autour de cette triste affaire. Je dois établir mon rapport ; les autorités aviseront.

— Oh ! je comprends bien, mon lieutenant, répondit Simon d'un air entendu et fin.

Et quand il fut rentré à Saint-Arnould, il confia dans l'oreille à sa femme :

— M'sieu de Louchbach, il ne veut pas qu'on cause, rapport à la demoiselle de la Fouqueray, bien sûr, pour pas la chagriner. Mais faudra toujours bien qu'elle finisse par le savoir !

Simon disait vrai.

Les douaniers avaient gardé fidèlement le secret professionnel. Cyrille ne se serait pas avisé de parler ; le grand Malgras, prudent, ne tenait pas à se vanter de son coup.

Mais l'anabaptiste, errant, tout étourdi, dans la forêt, après sa chute, avait rencontré inopinément le père Follavoine qui profitait de l'absence des douaniers pour passer une provision de tabac. Et, dans la première explosion de sa fureur, il s'était répandu en imprécations et en menaces contre « ce grand escogriffe de voleur qui l'avait assommé pour lui arracher son trésor » ! Le père Follavoine, extrêmement intéressé, avait mis tout en œuvre pour soutirer au coquin un récit complet de ses malheurs. Mais un vague instinct empêchait Hans Weber d'en trop dire, malgré son exaspération et l'ébranlement cérébral résultant du coup de poing qui le rendait comme fou.

Le père Follavoine, bavard de sa nature, n'en raconta pas moins le lendemain, par le village, que l'anabaptiste avait été attaqué la nuit, au milieu de la forêt, par un géant qui lui avait volé « tous ses papiers », mais que l'anabaptiste avait bien reconnu le géant, et que son compte était bon. Ah ! il ne se gênerait pas pour le tirer comme un chien, la première fois qu'il le rencontrerait !

L'histoire se répandit. Elle vint aux oreilles de Nicolas. Le vieux en entretint sa femme. Margot apprit ainsi que quelque chose avait dû se passer. Mais quoi ? Les airs mystérieux de ses domestiques en la regardant l'agacèrent. Quoique Weber n'eût point nommé le marchand de bois, leur complicité commençait à être trop connue pour que la vérité ne sautât pas à tous les yeux.. Si l'anabaptiste promenait des « papiers » au milieu de la nuit, sur la montagne, ces papiers venaient de Plainfaing ou y allaient sûrement. Et Nicolas et Nastasie, qui abominaient Fritz Kœpling, se délectaient à de petites allusions cousues de fil blanc, souverainement désagréables à leur jeune maîtresse.

Elle ne daigna rien demander, ne sut rien de précis, et monta se coucher de fort méchante humeur.

Cependant, le grand Malgras, dérangé la nuit précédente au milieu de son « travail » sur la montagne, venait de repartir, selon sa coutume, à l'heure où l'étoile du berger se lève. Il se dirigeait vers le Trou-du-Tétras, à l'effet d'y chercher quelques bouteilles de Johannisberg, entrées frauduleusement au commencement de la semaine.

Son intention n'était pas de les rapporter directement chez lui. Mais il prétendait les dissimuler en bordure de la forêt, dans des ronciers que ses enfants connaissaient bien, et où sa fille aînée irait les prendre en plein jour, l'une après l'autre, dans des paniers qu'elle remplirait de paille.

S'il n'existait pas des gens riches et sans scrupules pour acheter des marchandises de contrebande, les gens pauvres ne risqueraient pas leur vie pour les passer.

Quoi qu'il en soit, l'homme arrivait au Trou et se penchait déjà pour se glisser sous les roches, quand son oreille exercée perçut un petit craquement qui lui fit vite relever la tête. Il regarda aux alentours et découvrit, entre les broussailles, deux points lumineux qui n'étaient pas des yeux de bêtes. Les yeux de bêtes sont rouges la nuit ; ces points-là étaient presque bleus. Des canons de fusils, alors ?

Et le grand Malgras comprit que Hans Weber, l'anabaptiste, le tenait en joue de son fusil à deux coups, et qu'il allait payer de sa vie le seul acte généreux qu'il eût accompli jamais.

La tête lui tourna. Il voulut se défendre. Epaulant vivement, il tira vite, trop vite, hélas ! Pour la première fois de son existence aventureuse, le grand Malgras manqua son but.

— Malédiction ! hurla-t-il.

Ce fut son dernier mot.

La balle du Prussien l'étendit raide mort au pied des roches.

Mais le fracas de la double détonation se répercutait à l'infini dans la solitude glacée de la montagne.

Les douaniers, qui changeaient de poste non loin de là, s'arrêtèrent saisis.

Le brigadier Tranquille dit à l'autre :

— As-tu entendu, Lebœuf, quelle chose étrange ? Les deux détonations ne provenaient *pas du même fusil !*

— C'est qu'il y avait deux types à l'affût, répondit Lebœuf.

Mais le brigadier hocha la tête.

— Non, ce n'est pas ça. Il y a eu du grabuge au Trou-du-Tétras. Faut y aller voir, Lebœuf !

Marchant d'assurance au milieu des ténèbres, avec cet extraordinaire instinct que les gens des bois disputent seuls aux bêtes, les deux hommes arrivèrent bientôt à leur but.

Tout était silencieux maintenant sur la roche, et le grand Malgras, gisant immobile, semblait dormir.

— Tonnerre ! s'écria le brigadier. C'est un coup de l'anabaptiste !

— Une vengeance, alors ? bégaya Lebœuf, dont les dents claquaient.

Ensemble ils se penchèrent, tâtèrent le corps encore chaud. Mais le cœur avait cessé de battre.

— Oh ! ces Prussiens ! ces Prussiens ! répétait le brigadier, suffoquant de colère. Quand est-ce donc qu'on nous en débarrassera, qu'on les chassera de chez nous ?

Lebœuf tordait sa moustache en contemplant le cadavre du délinquant auquel il avait dressé tant de contraventions.

— C'était peut-être un brigand, fit-il d'une voix toute chavirée, mais c'était un Français au moins !

Le brigadier grogna :

— Faut descendre au village, maintenant, et prévenir les autorités tout de suite.

Ils dévalèrent la montagne sans qu'un seul mot fût échangé entre eux.

Justement, le maire fermait les volets de sa boutique, dont venaient de sortir les derniers consommateurs.

— Qu'est-ce qu'il y a encore ? cria-t-il en voyant accourir les deux douaniers.

— C'est le grand Malgras qu'on vient de tuer sur la montagne !

— Le grand Malgras ? On l'a tué ! Mais qui donc ?

— Ah ! c'est pas un Français, pour sûr ! s'écria Tranquille.

— Misère de nous ! gémit le père Copin. Ça va faire du joli, toutes ces histoires-là !

— Si ça pouvait amener la guerre, seulement, ronchonna le brigadier, la vraie guerre, au grand jour, ça serait plus propre !

Lebœuf, pendant ce temps-là, courait éveiller le garde forestier et le garde champêtre, qui arrivèrent en hâte et dans un état d'agitation plus facile à imaginer qu'à décrire.

Le garde champêtre était un ancien gendarme appelé Taupin, qui passait pour très raide à l'endroit des délinquants de toute sorte, et qui avait bien souvent menacé le grand Malgras des foudres de la justice. Mais le lâche assassinat du braconnier le mettait hors de lui.

Tous bien armés et portant des falots, les cinq hommes se mirent en marche vers le lieu du drame, avec toute la célérité possible sur des sentiers aussi abrupts. Quand ils arrivèrent au Trou-du-Tétras, un vent coupant se levait, chassant de légers nuages dont le fin croissant de la lune émergeait parfois, inondant la forêt de sa lueur pâle.

Et le grand Malgras leur apparut, renversé sur le dos, les bras étendus en croix, les yeux ouverts largement vers le ciel. Un très mince filet de sang s'échappait de sa poitrine et coulait goutte à goutte sur les roches, où il se gelait à mesure.

Le maire constata le décès ; le garde champêtre verbalisa ; les autres coupèrent des branches de sapin chargées de givre, improvisèrent une civière sur laquelle on déposa le cadavre.

Et le funèbre cortège redescendit lentement les rampes de la montagne, se dirigeant vers le village, endormi encore, où allait éclater tout à l'heure une si terrible tempête d'indignation patriotique.

A la Fouqueray, Margot reposait à peine, quand les hurlements prolongés de ses chiens la réveillèrent en sursaut. Un frisson la secoua. Mon Dieu ! pourquoi ses chiens hurlaient-ils ainsi à la mort ? D'autres, là-bas, leur répondaient.

Affolée, elle se leva, passa un vêtement, s'élança vers l'escalier, ouvrit une fenêtre donnant sur l'avenue, prêta l'oreille, perçut une rumeur confuse.

Puis, soudain, elle vit accourir un homme, Joseph l' « Innocent », qui poussait des cris affreux.

— Demoiselle ! Demoiselle ! écoutez ! écoutez ! C'est le Weber qui a tué le Malgras !

— Oh ! mon Dieu !

Ce fut tout ce qu'elle fut capable de dire, et, défaillante, elle s'appuya contre le mur pour ne pas tomber.

Mais déjà l' « Innocent » reprenait sa course, disparaissait au tournant de la grille, en clamant toujours :

— Écoutez ! écoutez ! c'est le Weber qui a tué le Malgras !

Nastasie survenait, à demi vêtue ; puis Nicolas, titubant, pieds nus.

— Vite, vite, Nicolas, vite, lui cria Margot, se reprenant soudain et secouant le vieux par l'épaule. Dépêche-toi de t'habiller ! Tu vas m'accompagner dehors !

Le bonhomme s'empressa, aussi avide que sa jeune maîtresse de courir aux nouvelles, de se mêler à la foule.

Et tous les deux, l'instant d'après, galopaient sur la route.

Dans le village claquaient les volets, battaient les portes. Hommes et femmes jetaient la même lamentation au vent :

— C'est le Weber qui a tué le Malgras !

Déjà les commères venaient de terminer la dernière toilette

du mort. Margot le trouva couché dans un lit bien propre, le visage lavé, sa barbe épaisse mieux peignée que de coutume, donnant l'impression du repos dans le devoir accompli.

Ce n'était autour de lui qu'un concert d'imprécations contre l'assassin. Seule, sa veuve, immobile et farouche, gardait un obstiné silence parmi la troupe de ses enfants en pleurs.

Margot essaya de lui parler.

Un éclair de fureur passa dans les yeux sombres de la femme; elle clama, farouche :

— Demoiselle, savez-vous pourquoi mon pauvre homme est mort ? Parce qu'il avait arrêté la nuit dernière, sur la montagne, l'espion du traître de Plainfaing !

Dans la chambre, vingt voix s'élevèrent :

— Oui, oui, c'est pour ça !

Margot se redressa toute droite, plus pâle que le mort, un défi dans les yeux.

Copin, le maire, osa dire :

— Demoiselle ! quand notre œil droit lui-même nous serait un sujet de scandale, faudrait l'arracher, nous commande l'Évangile !

Alors Margot parla.

Dans le silence de stupeur qui s'était fait soudain, elle répliqua, hautaine :

— Pensez-vous que je ne connaisse pas mon devoir ? Mon arrière-grand-père pouvait être un Suédois ; mais voilà *quatre cents ans que sa race est lorraine !*

Une main prit la sienne, et des lèvres brûlantes s'y posèrent. C'était la Dorothée qui sanglotait enfin. Et, dans le tumulte qui suivit, on entendit une vieille voix qui prononçait doucement :

— Bienheureux ceux qui pleurent, parce qu'ils seront consolés. Bienheureux ceux qui pardonnent, parce qu'on leur pardonnera. Bienheureux ceux qui souffrent persécution pour la justice, parce que le royaume de Dieu leur appartient.

Et tous les genoux fléchirent tandis que le prêtre, s'avançant, bénissait, selon les rites, la dépouille de l'assassiné !

XI

Hans Weber, sitôt son meurtre accompli, repassa vivement la frontière et fut se réfugier dans sa cabane, en territoire allemand ou *annexé* plutôt. Il avait besoin de réfléchir. Vivant depuis l'agression de Malgras, c'est-à-dire depuis vingt-quatre heures, dans un état de surexcitation morbide, entretenu d'ailleurs par d'incessantes libations d'eau-de-vie, le misérable s'était senti dégrisé soudain par la vue du sang de sa victime.

Non pas que l'anabaptiste fût susceptible de remords, oh ! non ! Il ne se repentait nullement d'avoir tué le grand Malgras. Mais il commençait à envisager à froid les conséquences de son acte, et surtout les conséquences de l'enlèvement du courrier de Plainfaing.

Que dirait Kœpling ? Comment lui expliquer l'affaire ? Sa fureur n'aurait pas de bornes quand il se saurait découvert, *brûlé* pour son métier infâme. Sans parler de sa déconvenue à propos de la demoiselle de la Fouqueray, qui ne voudrait plus de lui, bien sûr ! Et la demoiselle était si riche !

Hans Weber médita longtemps. A vrai dire, l'idée de remettre le pied en terre française lui souriait assez peu, et une appréhension facile à comprendre obscurcissait ses idées. Mais le diable, sans doute, lui vint en aide, car le bandit, tout à coup, se frappa le front, une lueur de joie féroce dans ses petits yeux méchants de fouine. Il aurait crié : *Eureka !* s'il avait connu le mot fameux d'Archimède.

Et vite il se redressa, rechargea son fusil, avala un grand verre de marc pour se donner du nerf. Il riait presque. Finies les inquiétudes et les hésitations ! Evanouies les terreurs folles ! Est-ce qu'on ne les tuait pas facilement, ces maudits Français ? D'ailleurs, tous les gens de Saint-Arnould devaient pleurnicher autour des restes du grand Malgras. C'était bien le moment de courir à Plainfaing, d'exposer ses beaux projets au seigneur Kœpling, de lui faire oublier sa récente défaite par l'appât d'une victoire éclatante et prochaine.

Sitôt ce projet arrêté, l'anabaptiste se jeta de nouveau dans la forêt, franchit le chaos de la Roche-qui-Chante et reprit exactement le contre-pied de la voie qu'il avait suivie la veille, avec les dépêches du marchand de bois.

Malgré le froid terrible, il se hâta tellement qu'il arriva en nage devant la maison de son chef. La nuit était avancée déjà et la vieille Catherine devait dormir. Mais l'espion ne s'embarrassait pas pour si peu. Pétrissant adroitement une demi-douzaine de boules de neige, il les lança contre les volets de la chambre que Fritz Kœpling occupait au premier étage. Le chien, qui couchait au pied du lit de son maître, aboya furieusement. La fenêtre s'ouvrit aussitôt :

— Qui va là ?

— Serviteur !

— Qu'est-ce que tu veux ?

— Vous parler tout de suite.

— C'est bien. Tourne derrière la maison. Je vais te faire entrer par la cuisine.

Et la fenêtre se referma.

Un peu de feu couvait encore dans le poêle de la cuisine. Fritz Kœpling — en robe de chambre ponceau à brandebourgs jaunes — ranima les charbons à demi éteints, posa un broc de bière et deux bocks sur la table, où dormait le chat, s'assit lui-même et fit signe à l'homme de parler.

Hans Weber, debout, déclara effrontément :

— Les Français m'ont assommé en route, hier, et m'ont volé vos dépêches !

Kœpling eut une imprécation impossible à reproduire.

— Et tu n'as pas su te défendre, grand lâche !

— Non. Ils étaient trop. Mais je me suis vengé. L'homme qui m'avait frappé sur la tête pendant que me dépouillaient les autres, celui-là, je viens de le tuer !

Le marchand de bois esquissa un recul involontaire.

— Tu viens de tuer un homme ?

— Oui, maître, à l'instant. Voyez ! Le canon de mon fusil est encore noir de poudre !

Et il brandit l'arme et la posa sur la table, dérangeant le chat endormi qui bâilla, s'étira et fit le gros dos.

Mais Kœpling, sans regarder, poursuivit :

— Qui donc as-tu tué ?

L'anabaptiste se redressa orgueilleusement :

— Le grand Malgras ! prononça-t-il.

— Mâtin ! Tu n'as pas peur, toi, un géant pareil !

Et *mein herr* Fritz Kœpling, pour capitaine qu'il fût dans la réserve de la glorieuse armée allemande, examina son ignoble complice avec une admiration qui n'était pas dénuée de respect.

L'anabaptiste sentit son avantage et se hâta d'en profiter.

— Moi, déclara-t-il, j'aimerais mieux mourir que de supporter un affront ! M. Kœpling aussi, je le sais ! M. Kœpling ne pourra pas supporter le mépris de sa promise quand elle aura percé tous ses petits mystères à jour ; car M. Kœpling pense bien que ces misérables Français n'ont rien eu de plus pressé que de lui montrer le « pot-aux-roses », comme ils disent, ces imbéciles !

Et Hans Weber éclata d'un rire moqueur.

Fritz, lui, faisait une grimace affreuse.

— Oh ! grinça-t-il. Ce n'est pas sûr qu'elle s'en émeuve ! Une jeune fille, est-ce que ça s'occupe de politique ?

— Une Lorraine, est-ce que ça épouse un Prussien ! rétorqua le bandit.

Fritz Kœpling devint cramoisi de fureur :

— Te tairas-tu, coquin !

— Non, maître, parce que je viens vous offrir un moyen de vous venger à votre tour ! Ecoutez-moi !

Et le criminel, s'asseyant enfin, rapprocha sa chaise de celle de son patron et se mit à lui parler dans le tuyau de l'oreille, si bas, si bas, que le chat, pelotonné sur la table entre leurs deux bocks de bière, ne l'entendit même point.

XII

Le lendemain de cette nuit tragique, M. Théodule Thierry, juge de paix de Laveline, retenu à la chambre par un gros rhume, somnolait paisiblement sur son journal, devant son feu. M. Théodule Thierry tenait de ses parents sa bonne vieille maison bourgeoise, dépourvue de toute prétention artistique. Il l'avait remeublée à l'époque lointaine de son mariage, dans le goût de ce moment-là, et les boiseries sombres, et les draperies épaisses, et les sièges lourds s'harmonisaient bien avec sa personne massive et volontiers pédante.

M. Théodule Thierry se laissait donc aller à un léger assoupissement, quand un coup discret frappé à sa porte vint troubler sa quiétude. Sa gouvernante entra.

— Monsieur, dit-elle de sa voix contenue, c'est le neveu de Monsieur qui demande à lui parler.

— Jean de Louchbach ! s'écria le magistrat. Faites-le entrer tout de suite !

Le jeune homme parut, non point souriant comme l'attendait son excellent oncle, mais silencieux et grave.

La gouvernante avait refermé la porte.

Très effrayé, M. Théodule Thierry s'écria :

— Qu'est-ce qui se passe ? Ma filleule......

Jean le calma du geste.

— Il ne s'agit pas de votre filleule, du moins pas directement.

— Alors ?

— Alors, mes prévisions se sont toutes réalisées. Voilà. J'ai pris Fritz Kœpling sur le fait, en flagrant délit d'espionnage, au cours d'un service en campagne du bataillon de Saint-Dié. J'ai découvert le gredin qui lui servait de messager pour communiquer avec les autorités d'Alsace. Ce gredin a été arrêté en route par des gaillards résolus qui lui ont enlevé ses dépêches et me les ont apportées. Et je les ai remises immédiatement au commandant d'armes de la ville. C'est déjà bien, n'est-ce pas ?

Le juge de paix ouvrait des yeux énormes.

— Saperlipopette ! fit-il.

— Oui, poursuivit son neveu, la voix coupante. Mais ce n'est pas tout. Cette nuit, le messager de Kœpling, Hans Weber, son âme damnée, a tué d'un coup de fusil, sur la montagne, l'homme qui avait eu le courage de sauter sur lui, la veille, un luron que vous connaissez bien, le grand Malgras !

— Bonté divine !

— Ainsi, continua Jean, amer, ce marchand de bois et sa clique ne reculent pas devant un assassinat ignoble, devant un guet-apens de sauvages ! Est-ce qu'ils avaient tiré, les autres ? Non pas ! Et avouez que la tentation devait être forte, et que c'était une belle occasion de purger le pays de cette fripouille d'anabaptiste ! Mais l'affût à l'homme, en pleine forêt, la nuit, ça ne va pas à des Français !

Le forestier s'était levé et se promenait par la chambre avec agitation.

Mais M. Théodule Thierry, en sa qualité de magistrat, multipliait les questions concernant l'attentat, déduisait les conséquences des faits, suppléait aux lacunes du rapport succinct de son neveu. Volontiers il eût requis son greffier pour dresser procès-verbal du meurtre.

Cependant le meurtre, à vrai dire, quoiqu'il révoltât Jean de Louchbach, n'était pas, dans le moment, l'objet de ses préoccupations les plus cruelles.

Coupant court aux dissertations du juge de paix, le jeune homme lui demanda, légèrement énervé :

— Et Margot, maintenant, parlons un peu d'elle, s'il vous plaît ! Me permettrez-vous de vous demander quelles mesures vous comptez prendre à son égard ?

Théodule Thierry ne parut pas comprendre.

— Mais, mon cher ami, Margot n'est point en cause !

— Ah ! vous trouvez ça, mon oncle ! Eh bien ! vous ne manquez pas de confiance !

— Mais, mon cher ami.....

— Mais, mon très cher oncle, vous savez aussi bien que moi de quelles poursuites votre pupille est l'objet de la part de ce misérable Allemand ! Peut-être les choses, suivant leur cours normal, auraient-elles pu traîner encore en longueur. Mais les événements s'étant précipités, ne craignez-vous point une manœuvre perfide, une tentative criminelle pour soustraire cette enfant à votre autorité !

— Non, répondit le juge de paix. Je ne crains rien de pareil. A mon avis, le Kœpling va continuer tranquillement à jouer

son rôle de marchand de bois. Si on lui parle de Hans Weber,
l'anabaptiste, il affectera l'ignorance la plus complète. Il tom-
bera des nues en apprenant que des papiers suspects ont été
saisis dans la montagne. L'assassinat du braconnier provo-
quera sa vertueuse indignation. Ah ! mon ami ! mon ami !
faut-il que tu sois jeune pour ne pas soupçonner la souplesse
d'échine de ces gens-là !

— Admettons que le Kœpling cherche à nous donner le
change. Très bien. Mais Margot ? Croyez-vous, mon oncle,
que la découverte de toutes ces vilenies, pour ne pas dire de
tous ces crimes, ne modifie pas sa manière de voir à l'égard de
son cher cousin ?

Théodule Thierry hocha la tête.

— Ma filleule est têtue, observa-t-il pensivement.

— Vous ne supposez pourtant pas, j'imagine, qu'elle per-
siste à vouloir épouser ce Prussien ?

— Je ne suppose rien du tout, répondit le juge de paix.
J'attends. Nous verrons.

Le forestier joignit les mains.

— Mon oncle, je vous en supplie, ayez une explication avec
elle ! Il le faut. Je ne puis rester dans une incertitude pareille !

Théodule Thierry n'osa point avouer à son bouillant neveu
que la perspective d'une telle explication ne l'enthousiasmait
point. Le digne homme tenait à sa tranquillité par-dessus tout.

— Si cela peut te faire plaisir, concéda-t-il au forestier, je
ferai venir cette petite à la fin de la semaine prochaine, du
samedi au lundi, si tu veux, et tu t'expliqueras toi-même
avec elle, à ta guise.

Toute l'exaltation du jeune homme tomba.

— J'aurais préféré que vous me serviez d'avocat, mon oncle,
répondit-il, déçu. Je crains fort de mal plaider ma cause.
Margot m'écoutera-t-elle seulement ?

Mais il ne voulut pas insister davantage.

Comme il sortait, assez déprimé, de chez le magistrat, il
rencontra inopinément le brigadier des douanes de Saint-
Arnould, Blaise Tranquille, seul par hasard, sans son insépa-
rable compagnon Lebœuf.

Louchbach s'arrêta pour lui parler. Le brigadier expliqua :

— Je suis venu m'entendre avec mes supérieurs à cause de l'enterrement du grand Malgras, qui aura lieu demain. On ira tous, nous autres. Il y en aura du monde ! M. le curé a dit comme ça qu'il ne se ferait point payer, ni le sacristain, ni les sonneurs, ni personne de l'église. Et tout sera de première classe. Vous viendrez, mon lieutenant ?

— Bien sûr ! et tous mes gardes avec moi !

— Ce matin, continua l'homme, la demoiselle de la Fouqueray a déjà fait dire une messe de *Requiem* où toutes les bonnes femmes ont assisté. Ce qu'elle est chavirée, pauvre demoiselle !

Jean dit, affectant l'indifférence :

— Elle s'intéressait beaucoup à la nombreuse famille de ce malheureux, sans doute ?

— Oh ! ce n'est pas ça ! s'écria le douanier. Je ne dis pas que ça ne lui fasse point de peine, rapport aux cinq enfants et à la veuve, mais ce qui l'a révolutionnée, ça été de savoir pourquoi on a fait le coup. M. le maire lui a parlé, l'autre soir, chez les Malgras, devant le mort. Ce qu'elle s'est redressée, paraît-il, en criant qu'elle était Lorraine, fallait voir !

Et Blaise Tranquille, se rapprochant de Louchbach, ajouta en confidence :

— Voyez-vous, mon lieutenant, les gens en racontaient beaucoup sur elle, ces temps-ci, qu'elle branlait au manche, qu'elle tournait casaque. Tout ça, c'étaient des *mentes*, et pas autre chose. Les savants disent qu'il faut une pierre de touche pour connaître l'or. M'est avis que cette balle prussienne-là ç'a été la pierre de touche pour la demoiselle de la Fouqueray !

XIII

On fit, le lendemain, en grande pompe, l'enterrement de l'assassiné.

Ces sortes de cérémonies sont toujours extrêmement « goûtées » à la campagne. On y vient de fort loin ; on s'y presse ; on s'y écrase. L'usage veut qu'on s'y montre en un costume approprié, les hommes en redingote, les femmes en long châle pointu. « L'enterrement » et la foire sont les deux événements principaux dans la vie monotone et laborieuse du paysan. La noce ne vient qu'en troisième ligne.

Elle se répète moins souvent ; elle ne rassemble qu'un nombre restreint de privilégiés ; et puis la noce coûte cher. Mais « l'enterrement » ne coûte rien ; tout le monde y va ; les mêmes habits peuvent y servir indéfiniment. Et c'est trop souvent, hélas ! une occasion de beuveries. Ne faut-il point se réchauffer en hiver, se rafraîchir en été ? Et le repas des funérailles est une institution qui se perd dans la nuit des temps.

Mais combien l'attrait de cette cérémonie fatidique n'est-il point rehaussé par quelque circonstance extraordinaire, comme la présence des pompiers ou de la section des vétérans ! Ici, c'était mieux encore : les forestiers et les douaniers assistaient solennellement aux obsèques, et à quelles obsèques ! Celles d'un contrebandier transformé en héros de la patrie, parce que tombé sous une balle prussienne, en « service commandé ».

Jean de Louchbach, au premier rang, debout, les bras croisés sur la poitrine, très pâle, attirait tous les regards. On chuchotait en se montrant du doigt Margot, prostrée, perdue dans la foule des femmes noires, la tête enfouie sous ses mains.

Pauvre Margot ! Quel effort il lui avait fallu faire pour se montrer là aux yeux avides du public ! Et quelle lutte effroyable se livrait en son cœur humilié et meurtri ! Elle ne *voulait* plus aimer Fritz Kœpling ; mais elle ne *pouvait* pas aimer encore Jean de Louchbach. Est-ce qu'on aime par ordre ? Elle se sentait seule, affreusement, presque coupable de la mort du grand Malgras, triste à mourir elle-même.

Cependant, la cérémonie achevée, les « autorités » défilèrent devant le cercueil. On guettait le garde général, pour voir s'il attendrait la demoiselle de la Fouqueray à la porte du cimetière. Mais il ne l'attendit point. Il n'y eut pour la reconduire chez elle que Cyrille et Nicolas. Nastasie n'avait pas assisté à l'enterrement, obligée qu'elle était de garder la pauvre folle.

Une petite neige fondue tombait, pénétrante et glaciale. Toute la campagne s'estompait dans un brouillard blanchâtre. Margot frissonnait en rentrant. Ses dents claquaient. Elle ne pouvait pas dire un mot. Elle écoutait, sans les entendre, les réflexions que les deux hommes échangeaient à ses côtés.

Mais, quand elle fut arrivée à la grille de son avenue, le sentiment de la réalité lui revint, et la perspective de se retrouver seule entre ses vieux domestiques et sa pauvre grand'-mère l'épouvanta tellement qu'elle retint son frère de lait avec instance.

— Ne t'en va pas. Rien ne te presse. Reste avec nous, Cyrille, je t'en supplie.

Et le grand gars lut une telle détresse dans les yeux de la pauvre fille qu'il resta, pris de pitié.

Nastasie, promptement, mit son couvert sur la grande table de chêne poli et noirci, devant l'âtre de la cuisine.

— Not' dame a mangé, elle repose, annonça-t-elle avec satis-faction. Ça fait que nous serons bien tranquilles un moment. J'ai fait un salmis avec les deux canards sauvages que le Nicolas nous a tués l'autre jour sur le « rupt » au fond du jardin. Je crois qu'ils ne seront pas mauvais.

Cyrille essaya de plaisanter, à cause de Margot qui venait de s'asseoir à sa place, morne et silencieuse. Mais lui-même avait le cœur si serré que sa gorge se serra aussi et qu'il faillit se mettre à pleurer comme un enfant.

Nicolas sauva la situation. Le vieux était électrisé par les beautés de la cérémonie.

— Ah ! pour un bel enterrement, c'en était un ! s'écria-t-il avec admiration. Figure-toi, la Nastasie, que tous ceux des forêts et de la douane y étaient « en corps » avec leur tenue numéro 1 ! C'était quelque chose à voir ! Et le monde ! Bonté divine ! Ah ! ce qu'il y en avait des sagards, et des schlitteurs, et des bûcherons de la forêt ! Tonnerre ! On n'aura point passé seulement cinquante grammes de tabac en fraude, aujourd'hui !

Cela le fit rire un peu, de ses lèvres parcheminées et rases.

Nastasie hocha la tête, vexée.

— T'as de la chance, toi, tu vois toujours les belles choses ! Et moi.....

Nicolas dit, conciliant :

— Chacun son tour. Quand c'est des enterrements de femmes, je n'y vais jamais, moi, je te laisse y aller.

— Avec ça que c'est beau, les enterrements de femmes ! ronchonna la vieille.

Cependant Cyrille, doucement, gentiment, essayait de parler à Margot, pour la distraire un peu. Il ne lui ressassait pas les éternels détails du drame récent et funèbre, sujet brûlant, plaie vive, que la touche la plus légère offensait. Mais il lui racontait des histoires de la Chambre au loup, les prouesses des petits gars, les roueries de la Hulotte escamotant jusqu'à des noisettes, pour les cacher dans les anfractuosités des vieux murs.

Mais ces menus racontars, qui avaient le privilège de toujours divertir Margot, ne la déridèrent pas ce jour-là. Elle sourit à peine, par reconnaissance pour les louables efforts de Cyrille, et demeura figée au coin du feu, livide et frissonnante. En vain Nastasie, désolée, lui offrit-elle successivement une bonne assiette de soupe aux choux, une fine aiguillette de canard et une « écaille » de fromage de Gérardmer impressionnant. De toutes ces excellentes choses elle détourna la tête. Et, malgré son très grand désir de rester là, d'entendre parler, remuer autour d'elle, n'en pouvant plus, elle dut remonter chez sa grand'mère et se jeter sur une chaise longue.

Les trois commensaux de la cuisine, quand elle fut partie, se regardèrent.

Nicolas parla le premier. Il dit en branlant sentencieusement sa tête chauve.

— M'est avis qu'elle file un mauvais coton, not' demoiselle !

— Pardine ! s'écria Nastasie ; une jeunesse pareille, ça la chavire, toutes ces histoires ! Ah ! si ce n'est pas malheureux qu'elle se soit toquée de ce maudit *alboche !*

Cyrille répliqua, très grave :

— Elle ne l'épousera pas, le Fritz Kœpling, soyez tranquilles, vous autres. Je vous dis qu'elle épousera le Jean de Louchbach, et j'en suis sûr !

— Dieu t'entende, mon garçon ! s'écria la bonne vieille en joignant les mains.

Mais Nicolas ne paraissait pas convaincu.

— Qu'elle ne prenne pas celui de Plainfaing, je veux bien encore. Mais qu'elle se marie avec le garde général, ça, c'est une autre affaire !

— Pourquoi ? demanda tranquillement Cyrille.

Le vieux baissa la voix.

— Parce qu'on lui en a trop parlé, tout le monde ! Elle n'aime pas qu'on lui commande, la demoiselle. Fallait pas la tourmenter pour ça. Si l'idée lui en était venue toute seule, ça n'aurait pas traîné. Est-ce que quelqu'un lui avait parlé du Kœpling ?

— Vous exagérez, Nicolas, répondit le gars de la Chambre au loup. Je sais bien que ma sœur ne se laisse pas facilement faire. Mais croyez-moi. Elle aimait vraiment son cousin sans le connaître, et le cœur lui saigne de le connaître aujourd'hui. Mais, patience ! un clou chasse l'autre ! Et, quand je devrais y laisser ma peau, foi de braconnier ! je veux que not' demoiselle devienne la dame au beau Louchbach !

XIV

Le lendemain de l'enterrement de l'assassiné, Margot tomba malade. Sa nature impressionnable et nerveuse n'avait pu résister à de si violentes émotions. Elle eut un gros accès de fièvre, même le délire et des hallucinations atroces, qui la laissèrent ensuite dans un état de prostration totale.

Mon Dieu ! que c'était donc lugubre à la Fouquéray ! La neige s'était remise à tomber sans interruption, par flocons serrés et menus, qui paraissaient devoir être éternels. Tout semblait mort dans la campagne. Et, des fenêtres de la vieille demeure, on ne distinguait même plus les grands sapins du parc.

Avertie par ses enfants, la Hulotte s'empressa de visiter sa « pouponne ». Elle avait revêtu pour la circonstance, et malgré les frimas, sa belle toilette noire des enterrements, et recouvert sa tête ronde d'une coiffe très propre, chose extraordinaire, dont ses mèches rebelles s'échappaient aussi impétueusement que d'une sale. Ses yeux jaunes luisaient d'aise de se sentir si *brave*.

Ayant déposé sur les joues pâles de la malade deux bons baisers claquants, la Hulotte s'enfonça dans un fauteuil avec les mêmes piétinements que ses congénères dans le creux des arbres. Et, fouillant au plus profond de ses poches, elle procéda laborieusement à l'extraction de petites provisions bizarres qu'elle étala, en bel ordre, sur la courtepointe en soie pompadour de Margot.

Il y avait une poignée de cerises et de prunes sèches, prodigieusement ratatinées, des macarons blanchis par l'âge et cinq ou six grosses noix dorées, nouées par des faveurs ternies et contenant des « surprises » à trois pour un sou. Toutes ces petites friandises exhalaient une odeur indéniable de moisi, témoignant de la persistance avec laquelle la Hulotte les avait conservées dans quelque trou ténébreux et secret.

— Tiens, dit la bonne femme enchantée, voilà du joli, ma fille. Ça t'amusera, ça te distraira de tes maladies.

Margot sourit faiblement, touchée de l'intention, attendrie peut-être de quelque réminiscence de son très jeune âge, alors que la Hulotte, nouvellement mariée, pour lui faire accroire qu'elle l'avait nourrie, la bourrait de bonbons à la Chambre au loup.

— Et puis, vois-tu, ma pouponne, continua la Hulotte en branlant la tête, faut pas te faire de bile. M'est avis que si ces malheurs-là te bouleversent tant, c'est que t'as pas le cœur à l'aise, ma fille !

Margot, sans répondre, détourna la tête.

Mais la Hulotte poursuivait son discours avec des petits gloussements satisfaits de chouette attrapant une souris.

— Faut pas te chagriner, not' enfant. T'es pas la première qu'a des peines de cœur. Ça se guérit. Ça vaut mieux que des maux d'estomac, vois-tu !

— Oh ! gémit douloureusement Margot en se retournant tout à fait contre la muraille, laisse-moi donc tranquille avec ces histoires-là, ma nounou !

A cette appellation irrésistible, la Hulotte eut une hésitation presque un remords de tourmenter ainsi sa « pouponne ».

Mais la langue lui démangeait trop de parler.

D'un ton mystérieux, elle continua :

— Faut pas t' « émouver », que je te dis. L'anabaptiste, d'abord, on ne le reverra plus. Je n'en suis point fâchée, rapport aux cailloux dans le café de contrebande ! S'il montrait le bout de son nez seulement par ici, vite et vite on l'arrêterait. Quant à l'autre......

Dieu seul sait ce qui allait suivre. Mais, à ce moment précis du discours de la Hulotte, Nastasie fit son apparition dans la chambre, apportant, au fond d'un petit pot, une décoction verdâtre, destinée à couper « les fièvres », dont elle avait été, en cachette, demander une chopine à la veuve du grand Malgras. Cela détourna le cours de la conversation.

— Qu'est-ce que c'est que ça, ma belle ? demanda aussitôt la Hulotte, dont l'insatiable curiosité n'était pas le moindre défaut.

Nastasie, qui eût été bien en peine de révéler la composition de ce breuvage, répondit d'un ton pincé :

— C'est de la tisane de plantes.

— Je pense bien, rétorqua l'autre. Je vois bien que c'est point du bouillon de grenouille ! Mais de quelle manière de plantes ?

— C'est mon secret.

La Hulotte se fâcha :

— T'as pas honte, la Nastasie, de faire ta mijaurée avec moi ! Ce n'est pas beau. Des fois que je serais malade à périr, tu me laisserais donc rendre l'âme plutôt que de me donner ta recette ?

— Mais non, mais non, assurait Nastasie fort ennuyée, puisque je t'en porterais moi-même, de ma tisane, pour te guérir.

Cela dura longtemps. Et, au grand soulagement de Margot, il ne fut plus question ni de l'assassin ni de l'autre !

La jeune fille, le lendemain, essaya de se lever un peu pour se distraire de ses tristes pensées, mais, les forces lui manquant, elle dut s'étendre dans la chambre de sa grand'mère, où elle passa l'après-midi à tricoter pour les pauvres.

Le courrier du soir lui apporta une lettre de son parrain. Théodule Thierry lui mandait :

« Ma chère enfant, la présente est pour t'avertir que je suis toujours malade, et que je voudrais bien te voir un peu chez moi. Tu pourrais venir, par exemple, à la fin de cette semaine avec un billet d'aller et retour du samedi au lundi. Réponds-moi bien vite. J'inviterai M. l'abbé Pascal lundi, afin que tu ne voyages pas seule, à la nuit close, pour rentrer à Saint-Arnould. Je t'embrasse, en attendant.

» Ton vieux parrain affectionné,

» T. THIERRY,
» *juge de paix.* »

Margot soupira profondément. Elle connaissait bien son tuteur. Il n'avait rien de sentimental. Le bien-être de sa demeure, les petits plats de sa gouvernante, une bonne pipe, son journal favori lui suffisaient amplement, absorbaient toutes ses journées. Jamais il n'avait manifesté le moindre empressement à recevoir sa filleule. Donc, s'il la demandait ferme, s'il lui assignait la date de son voyage, c'est qu'il avait pour cela un motif particulier. Et ce motif, Margot ne le devinait que trop.

Mais c'était une fille résolue et pratique, habituée à se tirer d'affaire toute seule. Sans hésitation aucune, elle répondit à son tuteur, courrier par courrier :

« Mon cher parrain, moi aussi je suis malade. Peut-être un changement d'air me fera-t-il du bien. Et, d'ailleurs, puisque vous le désirez, je serai heureuse d'aller vous tenir compagnie de samedi matin à lundi soir. Je vous embrasse de tout cœur.

» Votre filleule respectueuse,

» MARGOT. »

Cette lettre expédiée, la jeune fille se sentit renaître. Il y aurait sans doute une scène à Laveline. Mais tout valait mieux que le marasme où elle se débattait vainement depuis le drame de la forêt.

Cependant, le même soir, vers le coucher du soleil, le vent se remît au Nord. La neige cessa de tomber dans la nuit. Et ce fut sur un splendide paysage polaire que l'aurore se leva, le jour suivant, radieuse et glaciale.

Margot, faible encore, sortit un peu l'après-midi pour essayer ses forces, en promenant ses chiens par le village. Elle rencontra beaucoup de gens qui allaient au bois, pour tirer leurs lots dans les « affouages » de la commune.

— Faut bien se dépêcher, lui cria le garde champêtre, en la croisant. Ce beau temps-là ne veut pas durer toujours. Est-ce qu'il est là-haut, le Nicolas de la Fouqueray ?

— Il doit y être, avec les Follavoine pour l'aider, lui répondit Margot.

— Ah bien ! je vas le retrouver, alors !

Le père Taupin professait beaucoup d'amitié pour « le Nicolas de la Fouqueray » parce que ledit Nicolas le fournissait habituellement d'un certain tabac à priser à la rose, inconnu dans les produits de la régie française. Étant garde champêtre assermenté, le père Taupin ne pouvait pas, décemment, trafiquer lui-même de tabac et d'autres choses avec des gens suspects. Mais le domestique de la demoiselle étant « ben convenable », son tabac lui semblait parfaitement licite.

Le bonhomme se hâta donc d'aller rejoindre son camarade, et le trouva en train de montrer au père Follavoine la portion de bois de carde et de charbonnette dévolue à la demoiselle par la commune de Saint-Arnould. Joseph, l'Innocent, aidait de son mieux les deux hommes. Les forces physiques ne lui manquaient pas, et rien n'égalait l'ardeur avec laquelle il transportait et empilait les bûches.

Ayant vu arriver le père Taupin, les deux autres vieux l'appelèrent pour s'asseoir avec eux sur une roche, et tous les trois se reposèrent, pérorant et prisant, pendant que s'esquintait Joseph.

Quand le bois fut bien en ordre, Nicolas, qui savait vivre, proposa un verre à ses copains.

Le garde champêtre accepta sans façon.

— Je veux bien aussi redescendre au cabaret, dit le père

Follavoine, mais il faut que le Joseph reste encore ici, rapport aux ételles, des fois que la neige retomberait demain.

Car la demoiselle abandonnait toujours les ételles de son affouage à ses bûcherons, et le père Follavoine n'entendait pas laisser échapper l'aubaine.

Les trois vieux descendirent donc bien tranquillement au village, laissant Joseph tout seul dans la forêt, pour y ramasser et y entasser les débris de bois.

Mais à peine les bonshommes eurent-ils disparu au tournant du sentier, que Hans Weber surgit tout à coup devant l'Innocent, épouvanté.

Joseph bégaya, les yeux sortis de la tête :

— Va-t'en ! va-t'en ! Tu me fais peur ! Je ne veux pas te voir !

— Ferme les yeux ! ricana l'anabaptiste.

Joseph obéit en tremblant.

— Tiens ! reprit Weber, en lui jetant quelque chose. Ramasse et porte à la demoiselle de la Fouqueray, de la part de son cousin. Et ne le raconte à personne, vermine ! ou gare la casse ! J'ai encore des balles dans mes cartouches !

Joseph, terrifié, rouvrit les yeux. Une lettre gisait à ses pieds, sur la neige. L'anabaptiste avait disparu.

Alors l'Innocent abandonna sa tâche, oublia tout. Saisissant la lettre et la serrant dans sa main, il se mit à courir, à bondir pour descendre plus vite les rampes abruptes de la montagne. Et, trempé de sueur, haletant, pantelant, il arriva enfin à la Fouqueray.

C'était l'heure indécise du soir « entre chien et loup », l'heure où les volets ne sont point encore clos à la campagne, où la flamme du foyer éclaire seule, de ses lueurs vacillantes, les maisons assombries ; l'heure où les vieilles récitent le rosaire pour leurs enfants, où les jeunes rêvent, soupirent et, parfois, pleurent.

Margot pleurait dans sa cuisine. Nicolas n'était point rentré. Nastasie, là-haut, faisait souper la pauvre folle. Margot se croyait bien seule. Soudain, ses chiens grognèrent. La jeune fille tourna la tête et vit l'Innocent, tout rouge, et l'enveloppe blanche qu'il lui tendait.

— Demoiselle ! on m'a donné ça pour vous ; c'est de la part de votre promis !

Margot prit la lettre et reconnut l'écriture. Sans se fâcher ni s'émouvoir, très doucement, elle demanda au messager :

— Mon pauvre Joseph, qui donc t'a donné ça pour moi ?

— Je peux pas le dire !

— Eh bien ! ne le dis pas. Peu importe, en somme ! Ça m'est égal. Mais rappelle-toi ceci, Joseph ! Je n'ai pas de promis, et celui qui t'a chargé de cette commission s'est moqué de toi et de moi. Et je ne la lirai pas, sa lettre, et voilà ce que j'en fais!

S'appuyant aux meubles pour ne pas tomber, Margot se rapprocha de l'âtre, jeta la lettre au feu, et regarda noircir et disparaître son nom, tracé en fermes caractères teutons par la main traîtresse de son cher cousin Fritz Kœpling.

Après quoi, elle se rassit dans son coin, auprès de la fenêtre, et ses larmes recommencèrent à couler plus abondantes que tout à l'heure.

Mais c'était « entre chien et loup ». Et l'Innocent ne se douta de rien.

XV

En descendant à la gare de Laveline, le samedi suivant, Margot trouva Félicie, la gouvernante de Théodule, qui l'attendait pour l'accompagner chez son maître. Le vent d'Est soufflait avec rage ; on grelottait dans les rues de la petite ville.

Aussi la jeune fille ne fut-elle pas fâchée de s'asseoir en face de son parrain, au coin d'un bon feu de bois, dans une pièce cossue et bien close, capitonnée, pour ainsi dire. Contrairement à son attente, l'estimable Théodule, bien enveloppé dans une vaste robe de chambre de couleur olive, ne parla que de ses maux et se plaignit amèrement de sa santé.

A table, pourtant, il mangea beaucoup et de très bon appétit. Le brochet du Rhin parut lui plaire, les bécasses rôties eurent ses suffrages, la terrine de marcassin lui arracha des exclamations admiratives. Et que dire d'une mousse au chocolat, chef-d'œuvre de Félicie !

Ce ne devait pas être de l'estomac que souffrait le cher Théodule.

Margot, cependant, appréhendait le café en tête-à-tête dans la chambre de son tuteur. Mais rien encore.

Toute la journée s'écoula tranquille.

Le soir enfin, au moment de s'asseoir à la table du souper, Théodule annonça d'un ton guilleret :

— Nous serons trois, demain. Jean m'a promis son dimanche. Et j'en suis bien aise, vraiment. Ce sera plus gai pour toi, ma pauvre fille, que la société d'un vieux bourru de mon espèce.

Margot protesta. Théodule ne l'écouta point. Il plongeait avec volupté la louche d'argent dans une soupière de « consommé royal ».

Margot, en dépit de ses préoccupations, dormit bien dans le grand lit douillet de la belle chambre aux rideaux de velours d'un bleu violent de cobalt.

En rentrant de la grand'messe, le lendemain, elle trouva Jean de Louchbach se chauffant les mollets dans le cabinet du magistrat, lequel, toujours paré de sa robe de chambre, fumait béatement sa pipe.

Jean tendit la main à la jeune fille, avec un sourire très jeune qui lui allait bien.

Il parut à Margot plus aimable, surtout plus ouvert que trois semaines auparavant, chez elle. Peut-être la présence détestée de Fritz Kœpling l'assombrissait-elle, alors ?

Toujours est-il qu'il se montra très gai pendant le dîner et après. Il plaisanta son oncle sur ses maux imaginaires, inventés, disait-il, pour se faire gâter par ses neveux. Il taquina gentiment Margot sur sa prédilection pour les bêtes au détriment des humains.

Mais, à l'extrême soulagement de la pauvre fille, il sut éviter toute allusion, même lointaine, aux tragiques événements qui venaient d'ensanglanter la montagne. Il ne parla que de chasse. Il discuta les mérites respectifs des différentes espèces de griffons, expliqua sa manière d'organiser les battues de grand animaux en forêt, avoua son faible pour les charmes poétiques de la *passe*, les soirs frisquets de fin d'hiver.

Si bien que Margot, subjuguée, oublia ses tourments et se livra enfin, bavardant, sans arrière-pensée d'aucune sorte, et aussi libre d'esprit avec Jean de Louchbach qu'elle l'eût été avec Cyrille Hulot lui-même.

Le juge de paix, pendant ce temps-là, légèrement alourdi par le travail laborieux de sa digestion, somnolait dans son fauteuil. Le bruit de la conversation animée entre les deux jeunes gens favorisait agréablement ses songes. Mais il ne sut jamais de quoi ils se parlèrent. Et quand lui, Théodule, reprit doucement possession de ses esprits, derrière les nuages d'odorante fumée de sa bonne pipe, pas un instant il ne douta que de très graves questions se fussent traitées en sa présence et solutionnées au mieux des intérêts des deux parties.

Combien il se félicita de ne s'être pas embarrassé de ces ennuyeuses affaires et d'avoir laissé sa pupille et son neveu se débrouiller tranquillement tout seuls !

Aussi se garda-t-il bien, Jean reparti vers le soir, de troubler la félicité de la jeune fille, qu'il voyait de belle humeur pour la première fois depuis si longtemps.

Mais, la nuit venue, quand Margot se retrouva solitaire dans sa chambre, pourquoi se prit-elle à soupirer ? Margot ne possédait qu'une assez obscure notion de la psychologie. Elle ignorait l'art subtil de disséquer ses propres sentiments et ne s'en était guère souciée jusqu'alors.

Cependant, elle essaya de se rendre compte du sentiment singulier qu'elle éprouvait. Est-ce qu'elle ne s'était pas réjouie, et très franchement, de retrouver en Jean de Louchbach, devenu homme, l'ancien compagnon de jeu de son enfance ? Elle avait tant redouté de le voir se poser en prétendant ! Après toutes ces sottes histoires des gens de la montagne, après les allusions ridicules de son parrain lui-même, quelle satisfaction n'avait-elle pas ressentie en constatant le changement d'allures du forestier à son égard ! Sans doute, le juge de paix avait-il renoncé à sa chimère, et pour cause. Le jeune homme avait dû lui faire comprendre l'absurdité de ses fallacieux projets. Tant mieux. Jean l'avait traitée simplement, nettement, en camarade.

Et si, deux ou trois fois, le son de la voix prenante du forestier lui avait fait battre le cœur un peu plus vite que de coutume, n'était-ce point l'effet d'une réminiscence d'autrefois, alors que, lui gamin, elle fillette à peine, ils s'embrassaient naïvement sous les ombrages de la Fouqueray, en se promettant de s'aimer toujours ?

Osa-t-elle s'avouer, Margot, que toutes ces considérations ne la satisfaisaient point, et qu'il lui restait au fond du cœur comme une piqûre aiguë d'épines, en constatant un fait qui aurait dû pleinement la contenter ?

Des larmes, bien involontaires, de regret et de dépit lui montèrent aux yeux. Pauvre sotte ! pourquoi s'était-elle imaginé que deux hommes se disputeraient sa main ? De l'un elle ne voulait plus ; l'autre ne voulait plus d'elle !

Alors elle se mit à rire nerveusement toute seule, en se répétant à voix basse pour se mieux convaincre :

— Tu ne te marieras pas ! Tu ne te marieras pas ! Qu'est-ce que ça peut bien te faire ? Tu mourras vieille fille, et voilà tout !

L'abbé Pascal se rendit, le lendemain matin, à l'aimable invitation du juge de paix de Laveline.

Margot étant sortie pour quelques menus achats, le bon curé débuta par un tête-à-tête avec son hôte, au coin du feu. L'air de satisfaction répandu sur le large visage de Théodule Thierry lui mit aussitôt un espoir au cœur.

— Eh bien ! s'informa-t-il, avez-vous pu raisonner notre chère petite rebelle ?

— Tout est arrangé pour le mieux, répondit Théodule en se frottant les mains. A vrai dire, je ne me suis point mêlé de leurs affaires. Je les ai laissés s'arranger ensemble et tomber d'accord naturellement.

L'abbé Pascal joignit les mains.

— Ah ! cher Monsieur ! quelle bonne nouvelle vous m'apprenez là ! Je puis vous avouer maintenant que j'appréhendais beaucoup les conséquences d'une explication catégorique avec cette chère enfant. Elle est un peu vive, un peu volontaire parfois. Elle vient d'être fort impressionnée ces jours-ci,

Bref, j'avais des inquiétudes. Vous me les enlevez. Dieu soit béni !

— Mon cher ami, répliqua le juge de paix tout souriant, je ne saurais pas mon métier si je ne trouvais pas moyen de jeter dans les bras l'un de l'autre deux jeunes gens si bien faits pour s'entendre !

— Certainement ! Oh ! certainement, opina l'abbé Pascal avec plus de politesse que de conviction peut-être. Mais je craignais que ma jeune paroissienne, encore meurtrie d'une déconvenue pénible.....

Théodule Thierry interrompit le digne prêtre.

— A propos ! racontez-moi donc un peu ce que devient ce fameux Kœpling ? Quelle est son attitude ? Se montre-t-il encore ?

— Mon Dieu ! Je vous avoue que je n'en sais trop rien. Je suppose qu'il continue paisiblement son commerce de bois ; et c'est une chose bien regrettable, vous en conviendrez, Monsieur Thierry !

— Très regrettable, Monsieur le Curé.

— Si nous avions un autre gouvernement, continua l'abbé Pascal en s'animant tout à coup, un pareil scandale ne se tolérerait point ! Laisser un misérable étranger nous soustraire nos plus beaux arbres, au profit de sa propre nation, pour construire des bateaux destinés à couler les nôtres, mais c'est épouvantable !

Le magistrat fit un geste apaisant de la main :

— Comme vous vous emballez, mon cher ami ! Un homme de votre âge et revêtu de votre caractère ! Mais vous retardez d'un siècle ! Il existe des lois internationales aujourd'hui. On n'expulse plus les étrangers actuellement avec la désinvolture de Napoléon Ier.

— C'est un tort !

— D'ailleurs, continua le juge de paix légèrement narquois, si vos chères ouailles, Monsieur le Curé, ne vendaient pas leurs coupes à cet Allemand, il ne pourrait pas les acheter. Cela est sûr et certain. Prêchez-leur là-dessus. Voilà un beau sujet de prône !

— Oui, riposta le vieux prêtre, du lac au lac, mais à une condition, Monsieur le juge de paix, c'est que vous engagerez vos riches connaissances à les acheter, ces coupes, de préférence à toutes leurs valeurs exotiques à la mode, guano de la Bolivie ou nids d'hirondelles de la Chine ! Tenez ! justement, on va vendre un lot dans huit jours, au Noir-Brocart, et un lot appartenant à un bourgeois de la ville. Excellente occasion ! Achetez-le vous-même ! L'Allemand ne l'aura pas !

— Moi, je l'achèterai ! dit une voix claire et ferme derrière eux.

Les deux hommes se retournèrent. Margot venait d'entrer en silence et les regardait, très grave.

— Toi ! s'écria Théodule. Mas tu n'as pas un sou à ta disposition !

— Vous m'en donnerez, parrain, *je le veux* !

Et, devant l'effarement du juge de paix, plus doucement elle ajouta :

— Je vous en prie, je vous supplie.

— C'est bon, c'est bon, nous reparlerons de ça, grommela Théodule mécontent, et lançant des regards de travers à l'abbé Pascal, qui exultait.

C'était la première fois que sa pupille manifestait un caprice, et quel caprice ! Un déplacement de plusieurs milliers de francs d'un coup. Ah ! certes ! il était temps de marier cette péronnelle !

La gouvernante, sur les entrefaites, annonça le dîner. Cela fit diversion à propos, et les convives s'absorbèrent agréablement dans la dégustation d'une anguille à la tartare.

Mais Margot ne tarda pas à revenir à ses projets, accablant son pasteur de questions auxquelles il ne pouvait pas répondre. De quelle superficie était la coupe ? A combien était-elle estimée ? Y aurait-il beaucoup de compétiteurs pour l'acquérir ? Le bon abbé Pascal n'en savait pas tant.

— Ah ! s'écria Margot, non sans malice, quel dommage que je n'aie pas été avertie plus tôt ! Jean de Louchbach m'aurait bien renseignée, hier, et je suis sûre qu'il en aurait été ravi !

Du reste, s'il le faut, je lui enverrai Cyrille pour lui demander, de ma part, aide et conseil.

Margot dit cela si naturellement que le juge de paix et le curé échangèrent des sourires entendus, trouvant dans ce discours la confirmation de leurs plus chers espoirs.

En réalité, Margot, à ce moment-là, cherchait seulement à peser sur son tuteur par le meilleur argument en son pouvoir. Théodule Thierry ne pouvait pas résister à Jean de Louchbach, et Jean de Louchbach était fatalement acquis à toute manœuvre contre un ennemi de la France.

Voilà ce que se disait la jeune fille. Elle ne voulait pas en savoir plus ni creuser davantage la question.

Seule avec l'abbé Pascal dans l'affreux petit wagon du train omnibus qui les ramenait à Fraize, elle évita de poursuivre sur ce sujet brûlant et ne s'entretint avec le digne homme que de la famille Malgras, dont la situation les préoccupait l'un et l'autre à juste titre. Car, le braconnier disparu, c'était fatalement la misère noire pour sa veuve et ses enfants. Il fallait pourvoir à l'entretien de ces malheureux, organiser les secours, les régulariser.

Les deux interlocuteurs auraient discuté là-dessus toute la nuit.

Margot repensa seulement à la coupe du Noir-Brocart en achevant de se coucher.

— J'ai peut-être été un peu trop loin, se dit-elle. Mais il n'y a plus moyen de reculer maintenant. Quand Fritz Kœpling saura que je lui dispute ses sapins, ou *nos* sapins plutôt, il sera furieux contre moi. Peut-être cherchera-t-il à se venger. Qui sait s'il ne me tirera pas une balle ?

Elle réfléchit une minute, soupira :

— Bah ! Les Brixen ont l'habitude des balles ! Ils en ont assez reçu pour la France ! Et puis, après tout, je ne tiens plus guère à la vie maintenant ! Mon pauvre Fritz ! Quel dommage ! Nous nous entendions si bien ! Et nous voilà brouillés à mort ! Et pourquoi ? Parce que les trois couleurs de nos drapeaux ne sont pas les mêmes ! N'est-ce point triste ?

Et Margot se mit à pleurer.

XVI

Aux sept coups espacés, réguliers, qu'une invisible main frappait à l'huis clos de la Chambre au loup, la Hulotte se signa vivement et jeta une exclamation d'épouvante :

— Jésus, Marie ! qui peut venir à cette heure !

La nuit était toute noire. Et, dans le grand silence lugubre de la nature ensevelie sous la neige, à peine l'oreille percevait-elle la sourde plainte du vent gémissant par la forêt.

Une terreur luisait dans les yeux ronds exorbités de la Hulotte.

Le père déjà dormait, le nez contre le mur, en son lit clos.

Cyrille marcha vers la porte.

— Qui est là ?

Une voix caverneuse répondit :

— C'est la veuve de l'assassiné !

— Dorothée ! s'écria la Hulotte. Ouvre vite, not' enfant !

La « voyante » parut, plus grande, plus maigre, plus pâle que jamais dans les longs plis du châle noir qui l'enveloppait de la tête aux pieds.

— Salut ! dit-elle solennellement.

La Hulotte, vite et vite, lui présentait le fauteuil, lui offrait sa chaufferette.

— Mettez-vous à l'aise. Ranimez-vous les pieds. Cyrille, jette voir du fagot sur le feu, qu'elle se réchauffe les mains. Ah ! c'est qu'il fait rudement froid, ce soir !

Dorothée secoua sa tête sombre.

— Quand le cœur est chaud, dit-elle, on ne sent point la bise. Mais mon cœur à moi est devenu de glace !

Elle frissonna et se rapprocha de l'âtre d'où s'élevaient, en crépitant, de longues flammes jaillissant des fagots.

La Hulotte, elle, claquait des dents de peur, car cette visite nocturne de la « voyante » ne lui présageait rien de bon.

Cependant, la Dorothée, se dévêtant de son châle avec des gestes lents et dignes, commençait :

— Prenez garde ! vous qui m'écoutez ! Si vous aimez not'

demoiselle, ouvrez l'œil et veillez bien ! Car un grand danger la menace !

— Bonté divine ! s'écria la Hulotte en se signant de nouveau.

Cyrille demanda, le souffle un peu court :

— Comment le savez-vous ?

— Hier, à la nuit tombée, répondit lugubrement la sibylle, comme je cueillais des herbes sur le Haut-de-la-Faîte, autour de la Roche-du-Feu, j'ai vu un chat-huant gigantesque s'envoler des parages de Plainfaing et venir s'abattre avec un ricanement sinistre sur le toit de la Fouqueray.

La Hulotte jeta un cri perçant :

— Ah ! Benoîte Vierge et tous les saints du paradis, soyez-nous en aide.

Le vieux sagard, éveillé en sursaut, dressa la tête hors de son lit. Et ce fut entre le bonhomme et les deux femmes une série d'interrogations et d'interjections à n'en plus finir.

Mais Cyrille se taisait.

La « voyante » lui avait déjà paru plusieurs fois se servir adroitement de ses « signes » mystérieux pour annoncer des événements véritables, sous une forme surnaturelle, destinée à frapper plus fortement l'imagination de son public. Il connaissait bien Dorothée, et la savait trop intelligente pour s'être dérangée ainsi, par une nuit glaciale, à seule fin de raconter des histoires de chat-huant à la Hulotte. Mais, quant à lui demander des explications plausibles de ses augures, inutile d'y songer ; la « voyante » ne répondrait pas. Et le jeune homme, réduit aux conjectures, se mit à se creuser la tête pour deviner quel péril immédiat et terrible pouvait bien menacer sa sœur de lait.

Cependant, la veuve inconsolable, s'enveloppant de nouveau dans les longs plis de son châle, salua gravement ses hôtes et repartit seule, comme elle était venue, sans rien vouloir accepter, pas même une goutte de goutte, et s'enfonça et disparut au plus profond des ténèbres de la forêt.

Cyrille, aussitôt, remonta dans sa soupente. Mais il fut long à s'endormir. Plus il réfléchissait aux révélations de la Dorothée, moins il en comprenait le sens. Et d'abord, si le Prussien, aimablement figuré par le chat-huant, menaçait en réalité la Fouqueray, c'est qu'il avait eu connaissance d'un changement d'attitude de Margot à son égard. Mais comment cela ? Margot n'avait dit qu'un mot en public, un mot arraché par l'indignation devant le cadavre du grand Malgras. Nul des assistants n'avait pu le rapporter au Prussien. Et, dans le fond, lui-même, Cyrille, était-il bien sûr que Margot n'aimât plus son Kœpling ? Insoluble problème !

— J'irai trouver Margot dès la pointe du jour, se dit le jeune homme. Je veux savoir de quoi il retourne. Et puis, si ce coquin-là lui dresse des embûches, mon devoir est de la mettre en garde au plus tôt.

Mais la nuit porte conseil, dit-on. Et Cyrille, au matin, se trouva fort en peine d'arracher à sa sœur de lait des confidences dont elle n'avait pas jugé à propos de lui faire part.

En route pour la Fouqueray, le fusil sur l'épaule, il songeait anxieusement aux difficultés de l'entreprise. Margot se fâcherait, bien sûr. Ou alors elle refuserait de répondre. Comment faire ? Une idée lumineuse vint soudain au braconnier. Le mieux lui parut de s'ouvrir de ses appréhensions au bon vieux curé de Saint-Arnould qui avait baptisé Margot, et lui gardait une si paternelle affection. C'était, en tout cas, le parti le plus prudent.

L'abbé Pascal demeurait dans une petite maison, modeste et proprette, assise à l'ombre du clocher bulbeux de son église, et remontant presque à la même époque.

Cyrille, en entrant dans l'étroit couloir carrelé, aperçut une peau de loup, qu'il connaissait bien, accrochée au porte-manteau.

— La demoiselle est donc là ? s'écria-t-il, interloqué, en s'adressant à la servante.

Mais la vieille, qui était sourde, ouvrait déjà la porte du parloir en répondant :

— Oui, oui, M. le curé est là, et en belle compagnie encore !

Le braconnier hésitait.

— Avancez donc ! lui dit gaiement le vieux prêtre.

Margot, installée devant la table, semblait étudier avec attention une carte forestière de la montagne.

— Tiens ! bonjour ! cria-t-elle à son frère de lait en lui tendant la main. Je ne pensais guère te voir arriver ici. Mais tu tombes à pic, mon cher. J'avais besoin de toi.

Le braconnier prit brusquement son parti de l'aventure.

— Ma foi, répondit-il, c'est réciproque. Puisque je te trouve ici, faut que je te parle, Margot. Ça me gêne un brin. Mais M. le curé m'aidera, j'espère.

Et le grand gars jeta un regard suppliant du côté de l'abbé Pascal.

— Margot, continua-t-il plus bas, faut que je sache une chose. Dis-moi un peu s'il y a du nouveau entre...... entre..... celui de Plainfaing et toi ?

La jeune fille devint écarlate, et ses yeux noirs flambèrent. Mais le ton du braconnier était si humble !

— Du nouveau ? bégaya-t-elle. Qu'est-ce que tu entends par là, Cyrille ?

— Est-ce que tu l'as mécontenté ? A-t-il une raison de t'en vouloir ?

— Peut-être.

L'abbé Pascal s'était rapproché, un peu nerveux. Il posa la main sur l'épaule du jeune homme.

— Pourquoi demandes-tu ça, mon fils ?

— Rapport à des histoires de la « voyante », Monsieur le Curé.

Le prêtre fronça les sourcils.

— Quelles histoires ?

Mais ce n'était pas facile à expliquer.

Cyrille hésitait à répondre.

Margot dit tranquillement :

— C'est l'Innocent qui aura jasé, bien sûr.

— L'Innocent ? répétèrent, stupéfaits, les deux hommes.

Margot eut une ombre de sourire un peu triste.

— Oui, le pauvre Joseph avait été chargé par quelqu'un de m'apporter une lettre de celui de Plainfaing, comme dit Cyrille, et cette lettre, je l'ai jetée au feu devant lui et sans l'ouvrir.

Le curé leva les bras au ciel.

— Sans l'ouvrir, malheureuse enfant !

Margot répondit, plus émue qu'elle n'eût souhaité le paraître :

— Ne me l'avez-vous pas enseigné vous-même jadis, Monsieur le Curé : « Celui qui aime le péril y périra. » Croyez-vous qu'il ne m'ait rien coûté d'arracher de mon cœur l'affection que j'avais pour mon cousin ? Devais-je m'exposer à la tentation d'écouter ses reproches ou ses prières ? Vous êtes forts tous les deux, vous, Monsieur le Curé, un prêtre ; et toi, Cyrille, qui seras un soldat demain. Vous ne vous doutez pas qu'il y a des sacrifices presque au-dessus des forces d'une pauvre fille comme moi !

Sa voix défaillit dans un sanglot.

— Ma pauvre enfant ! gémit l'abbé Pascal.

Mais Margot se raidit pour continuer :

— Et si Fritz Kœpling m'avait proposé de vous lâcher tous et de fuir avec lui en Allemagne ? Je veux dire de m'y réfugier dans un couvent et d'y attendre la conclusion des formalités nécessaires pour l'épouser. Savez-vous si je n'aurais pas eu la faiblesse d'y consentir ?

— Non, répliqua Cyrille, une Lorraine et la fille d'un officier français ne pouvait pas trahir son pays et sa race. Les femmes chez nous ont le culte de l'honneur aussi bien que les hommes !

— Ah ! s'écria Margot, que ce culte-là est barbare et que de sacrifices sanglants il exige !

Le vieux prêtre, gravement, posa la main gauche sur l'épaule de la jeune fille, et, de la main droite, il lui désigna une belle gravure accrochée au mur en face d'elle. C'était une reproduction du fameux tableau : *Patrie !* conservé au palais de Versailles, où l'on voit, un soir de défaite, deux cuirassiers enveloppés dans leurs grands manteaux sur leurs chevaux fourbus de vingt charges, soutenant leur officier blessé à mort et pâmé dans sa selle, dont la main expirante agrippe et maintient encore droite la hampe de l'étendard sacré aux trois couleurs.

— Ceux-là, dit l'abbé Pascal, ont vraiment aimé la France jusqu'à l'effusion de leur sang, et de la dernière goutte de leur sang. Que l'exemple glorieux de ces martyrs nous fortifie, nous, chétifs, dans le modeste accomplissement de notre simple devoir !

— *Amen !* répondit le braconnier.

Alors Margot, en soupirant, se rassit devant la table, et faisant signe d'approcher à Cyrille :

— Regarde cette carte, lui dit-elle. Voici la coupe du Noir-Brocard qui sera vendue mardi prochain, là, vois-tu ? J'en ai marqué les contours au crayon bleu. Mais je n'ai pas souvent chassé dans ce canton de la forêt, qui est trop près du poste des douaniers allemands. Le connais-tu bien, toi ?

— Je le connais très bien. Il y a un creux sur la crête, entre des tas de petites roches disséminées, où les eaux se ramassent et demeurent. Les gélinottes y foisonnent.

— Oui, j'entends. Mais les sapins, qu'en penses-tu ? Moi, je m'en souviens à peine. Sont-ils beaux ?

— Magnifiques ! s'écria Cyrille, mais jeunes encore et si touffus ! Quelle pitié de les abattre, et pour ces gueux de Prussiens encore, acheva-t-il avec rage.

Margot dit nettement :

— Les Prussiens ne les auront pas.

— Comment ? fit le braconnier abasourdi, est-ce que la vente est remise ?

— Non. Mais c'est le maire de Saint-Arnould qui achètera la coupe.

Cyrille, complètement interloqué, regardait alternativement l'abbé Pascal et la jeune fille, craignant qu'on se moquât de lui.

— Le maire de Saint-Arnould ! répétait-il. Mais il n'en a pas les moyens, ni la commune non plus !

Margot dit très bas en détournant les yeux :

— Moi, je lui en donnerai les moyens !

— Toi ! s'écria le braconnier avec un cri dont il ne fut pas le maître.

Et, transporté, il s'élançait déjà pour saisir les mains de la jeune fille, les serrer à les rompre. Mais il la vit si pâle et si froide qu'il n'osa plus et demeura pantelant sur place.

Elle ne le regarda pas. Levant les yeux vers l'image de *Patric!* elle murmura lentement :

— Je ne veux pas que nos sapins de Saint-Arnould aillent porter sur des bateaux de guerre trois couleurs qui ne soient pas les nôtres !

XVIII

Maître Brulaton, notaire à Fraize, était fort affairé ce matinlà. On allait vendre en son étude par « soumission cachetée » la fameuse coupe du Noir-Brocard, dont les affiches multicolores tapissaient tous les murs de la ville depuis six semaines.

Petit, menu, propret, avec de courts favoris gris de fer et un crâne aussi lisse et poli qu'un œuf d'autruche, le tabellion s'agitait, gourmandait la servante qui n'en finissait pas de laver le sol carrelé de l'étude, morigénait le petit clerc dont les efforts maladroits pour allumer le poêle de faïence ne réussissaient qu'à le faire fumer atrocement.

Le temps était clair, le ciel d'un bleu d'acier. C'était ce qu'on appelle « une belle gelée » dans l'Est, une gelée terrible sous les rayons implacables d'un soleil polaire, qui semblait déverser du froid, glacer tout ce qu'il touchait.

Cependant, faisant les cent pas dans la rue, devant la maison du notaire, un groupe d'hommes causaient bruyamment en « hachant de la paille ». Si engloutis étaient-ils dans leurs fourrures épaisses qu'à peine distinguait-on leurs visages, mais les bribes de leur conversation suffisaient à renseigner les passants. Il y avait là des descendants des douze tribus d'Israël, dont les noms bibliques de leurs pères s'accouplaient bizarrement à des noms géographiques du Palatinat: Ruben Mayence, Manassé Brisach, Nephtali Francfort. Deux ou trois types d'hommes différents les dominaient de la tête. Ceux-là venaient en droite ligne de la Poméranie, acheteurs envoyés par les chantiers de construction de Dantzig et de Memel, pour se procurer avantageusement de bons bois de marine, au détriment de ces imbéciles de Français.

Les uns et les autres s'entretenaient familièrement.

— C'est une belle coupe, n'est-ce pas ?

— Oui, bonne affaire.

— Comme ça c'est décidé vite !

Il y eut de gros rires moqueurs.

— Hé ! hé ! l'argent se fait rare de ce côté-ci du Rhin !

— Quelque noble ruiné au jeu, sans doute ?

— Ou bien un industriel aux prises avec les grèves ?

Mais un Zabulon ou un Zorobabel, plus au courant que les autres, déclara brutalement :

— Vous n'y êtes point du tout. Ces arbres appartiennent à un très haut fonctionnaire, et très riche, et parfaitement « en cour » près de son gouvernement !

Ce fut une rumeur incrédule dans la troupe.

— Alors, pourquoi vend-il ? Rien ne pressait, les arbres sont à peine *mûrs !*

— Ce monsieur vend, répliqua l'autre, parce qu'il ne lui convient pas de déplacer ses capitaux, et qu'il lui faut 10 000 francs comptant pour s'acheter 10 000 hectares d'olivaies en Tunisie !

Tous les Allemands, juifs ou autres, éclatèrent de rire.

Un malin s'esclaffa :

— 10 000 francs ! il lui faut 10 000 francs ! attrapons-le ! Ne lui en offrons que 9 000 !

— 9 200 !

— 9 300 !

Et une discussion s'éleva, tumultueuse d'abord, confidentielle ensuite. Car c'est un fait connu que dans toute vente par « soumission cachetée », les acquéreurs ont bien soin de s'entendre à l'avance « comme larrons en foire ». Et c'est presque toujours au cabaret, cinq minutes avant la cérémonie, que se cachètent les grandes enveloppes jaunes contenant les *mystérieuses* propositions d'achats rédigées en commun, parmi les bocks.

Mais ici, plus que partout ailleurs, le rassemblement de ces marchands teutons n'était qu'une frime, destinée à favoriser le jeu d'un autre. Quelque fût l'acquéreur fictif de la coupe, l'exploitation devait en revenir au « délégué » de Plainfaing, leur chef à tous, l'orgueilleux *hauptmann* de la réserve allemande, Fritz Kœpling, en deux mots.

Quand il parut enfin, tous les autres s'écartèrent, le saluèrent chapeau bas. Vraiment il semblait d'une essence supérieure à cette tourbe. On ne pouvait pas nier que ce ne fût un beau spécimen de la forte race germanique. Avec ses yeux bleus, son teint fleuri, sa majestueuse barbe rousse en éventail, il rappelait la figure fameuse de ce prince féroce et brillant que les Allemands appelaient le *Prince Rouge*, à cause de sa tenue écarlate de hussard, et que nous serions en droit d'appeler de même, nous autres, à cause des torrents de sang français qu'il fit verser en 70.

Fritz Kœpling, le premier, entra dans l'étude, le sourire aux lèvres et la main tendue vers maître Brulaton. Derrière lui se pressaient, silencieusement, ses comparses.

Et, après quelques congratulations échangées, chacun à tour de rôle présenta son offre cachetée au notaire. Mais une surprise était réservée à ces Allemands.

Quand ils eurent tous défilé devant le bureau, avec cet air d'assurance que donne le succès prévu et certain, un homme osa se présenter à leur suite, un Français, totalement inconnu des Poméraniens et des fils de Jacob, mais pas de Kœpling, qui fit une grimace affreuse. Car cet outrecuidant personnage, ce rustre endimanché, n'était autre que le maire de Saint-Arnould, ce misérable Copin, aubergiste et marchand de porcs, dont le chauvinisme ridicule avait mené si grand tapage autour de la mort « accidentelle » du braconnier Malgras.

Maître Brulaton, cependant, décachetait méthodiquement les lettres, allait procéder à leur lecture.

Tandis que tous les autres s'étaient bien installés sur des chaises ou des bancs, Copin, modestement, demeurait debout contre la porte, mais en affectant de tourner le dos à l'assistance.

Il y eut des chuchotements, des grognements de mauvais augure. Comment un Français osait-il s'aventurer là ! Qui le lui avait permis ! C'était un peu fort ! Et cette attitude arrogante, par-dessus le marché !

Le notaire, d'un geste, apaisa les murmures.

Et alors, dans le silence angoissant de la pièce close, où le ronflement sourd du poêle semblait lui servir de base, la voix de maître Brulaton s'éleva, chevrotante et fluette, ânonnant les noms étranges, proclamant les chiffres : 9 400 — 9 900 — 9 500, etc.

Un gros Juif avait mis sa main en cornet contre son oreille pour mieux entendre ; d'autres soufflaient bruyamment. Les Poméraniens, immobiles, regardaient leur *hauptmann*, dont le front se chargeait de nuages.

Il ne restait plus qu'une seule « soumission » à connaître.

Maître Brulaton prit un temps, annonça sans lever les yeux :

— Copin (Jules-Adolphe), maire de Saint-Arnould : 10 300 francs. Adjugé !

— *Donner und Blist !* rugit une voix.

Et tous les jurons teutoniques roulèrent en avalanche.

Fritz Kœpling s'était levé, très pâle, sans un mot. Il marcha vers l'honnête Copin qui était, lui, devenu violet sous l'empire de l'émotion et de la colère.

— Monsieur, lui dit-il avec une affectation voulue de politesse, me permettrez-vous de vous demander un seul mot d'explication ? Est-ce votre propre personne ou bien votre commune qui devient acquéreur de cette coupe ?

— Monsieur, répliqua le maire de Saint-Arnould avec des efforts terribles pour ne point éclater, Monsieur, je n'ai nul compte à vous rendre de mes faits et gestes. Mon argent est bon ; le voilà, ça suffit au notaire ; ça doit vous suffire !

Et, tirant une liasse de billets de banque de son portefeuille, il les étala sur le bureau d'une main qui tremblait de fureur.

Les sémites s'étaient rapprochés, muets maintenant, respectueux, dévots, devant les larges billets qu'ils dévoraient du regard. Ah ! que leurs mains rugueuses et crochues se seraient faites souples et douces pour les palper, pour se refermer moelleusement sur eux !

Fritz Kœpling, dédaigneux de ces misères, haussa les épaules.

— A votre aise, Monsieur, ricana-t-il en s'adressant de nouveau à l'acquéreur du Noir-Brocard, libre à vous de ne point me répondre. Je ne suis point en peine de connaître la vérité vraie, et avant que le soleil ne se couche, encore !

Il salua légèrement le notaire interloqué, et sortit de l'étude, suivi de ses Poméraniens, qu'il congédia un peu bien vite.

— Vous n'avez plus rien à faire ici, leur dit-il, hargneux. Un train part dans une demi-heure. Allez-vous-en à vos affaires !

Quant aux Juifs, il ne les regarda même pas.

— Vermines ! grinçait-il entre ses dents. Penser qu'on en est réduit à se servir d'êtres pareils, abjects et fourbes, et si lâches qu'ils m'ont fait rater mon coup ! Le Copin a eu du flair. Il s'est bien douté que ces canailles ne dépasseraient jamais les 10 000 francs demandés. Le Copin ! c'est-à-dire le vieux chat fourré de Laveline ou son grand diable de neveu plutôt, ce Jean de Louchbach maudit, que je voudrais écraser sous le talon de ma botte !

Et, en remontant la route de Plainfaing au pas de charge, Fritz Kœpling tapait du pied avec rage sur les mottes de neige durcie qui s'éparpillaient en poussière de mica.

Chez lui, dans un coin de sa chambre, au premier, l'anabaptiste attendait.

Comment le bandit trouvait-il encore moyen de rentrer en France, de déjouer l'étroite surveillance des douaniers et des forestiers de la montagne, voire des braconniers eux-mêmes, tous exaspérés contre lui ? Hélas ! quelles précautions humaines peuvent empêcher la vipère de se couler sous les feuilles sèches, au travers des grands bois ?

L'anabaptiste attendait, somnolent près du poêle, sa pipe éteinte au coin de la bouche. Voyant entrer son chef, il se leva pour le saluer, mais sans hâte. L'action d'éclat qu'il avait accomplie, en « descendant » un homme, lui avait donné de sa propre importance une idée nouvelle et si avantageuse, qu'à peine reconnaissait-il à son chef une seule supériorité à son égard, celle de l'argent.

Fritz Kœpling n'était pas d'humeur à observer les nuances ; il alla droit au but.

— Hans Weber ! il faut te débrouiller, mon garçon, et vivement. Je veux savoir aujourd'hui même qui diantre a bien pu acheter cette maudite coupe du Noir-Brocard !

L'anabaptiste écarquilla les yeux.

— Ce n'est donc pas vous ! s'écria-t-il au comble de la stupeur.

— Non, ce n'est pas moi, répliqua Fritz, amer. C'est soi-disant ce gros rustaud de Copin, mais il n'est pas capable d'aligner 10 000 francs liquides. S'il avait vendu des terres, je l'aurais su. Non ; l'acheteur est un capitaliste. Mais lequel ? Voilà ce que je veux savoir.

Hans Weber se gratta la tête.

— Ce ne sera guère facile, patron, objecta-t-il soucieux.

— Le beau mérite, si c'était commode. Allons, marche ! dépêche-toi un peu, mon gaillard ! Tu auras deux louis de supplément pour ta peine.

L'anabaptiste eut un éblouissement à l'évocation des jaunets. Quel nombre incalculable de petits verres pouvaient bien représenter deux louis ?

— Je m'en vais tout de suite ! s'écria-t-il, galvanisé.

Une idée aussi lumineuse que l'or de Kœpling venait de jaillir de sa cervelle féconde. Il en riait silencieusement en gagnant les bois par un sentier désert entre des haies de jardins.

Midi sonnait partout. Les clochers des villages, épars dans la campagne, se renvoyaient de l'un à l'autre les notes grêles ou graves du joyeux *Angelus*. De chaque toiture de maison, un filet de fumée bleue montait dans l'air froid. Une vague odeur de « potée » aux choux flottait, alléchante.

— Je trouverai les bêtes au gîte, songeait le bandit en accélerant l'allure.

Sous le couvert des bois, il se mit à courir. Jamais la route ne lui avait semblé si longue. Enfin il arriva au but, trempé de sueur, haletant, où ça ? Devant ou plutôt derrière la Chambre au loup !

D'un coup d'œil prompt, il constata que la cheminée ne fumait presque plus. Le repas, sans doute, était fini. Les gens devaient causer en buvant la goutte. Comme il arrivait bien !

L'anabaptiste s'épongea le front, examina les alentours. Personne, que le chien ; mais le chien le connaissait de longue date et n'avait garde d'aboyer.

L'homme s'élança sur le rebord de la petite fenêtre à barreaux qui donnait du jour dans la chambre des enfants. S'accrochant à ces barreaux, il atteignit la gouttière, parvint à se hisser non sans peine sur le toit. Alors, cauteleusement, il s'approcha de la cheminée de la cuisine, vaste tunnel par où il fût descendu facilement de sa personne. Et, collant son oreille à l'orifice, le long de la paroi, il écouta.

Fut-il longtemps dans cette position singulière ? Lui-même ne le sut jamais.

Quand il redescendit du toit et sauta sur la neige, sa figure méchante et madrée de vieux renard exprimait une satisfaction sans mélange.

La route, cette fois, lui parut courte. Il ne sentait plus la fatigue. Il trottait, il galopait. Plainfaing lui apparut tout à coup, dans le paysage lugubre, assombri par les nuages du crépuscule. Quelques lueurs déjà s'allumaient aux fenêtres.

Hans Weber se coula dans le jardin de son chef par une brèche artistement dissimulée dans la clôture. Rampant sous les buissons, il atteignit la porte basse d'une cave, l'ouvrit avec précaution, s'introduisit à l'intérieur, tâtonna les murs et, guidé enfin par une raie de lumière, gagna un escalier qui l'amena dans la cuisine.

Catherine, la gouvernante, ne se troubla point de sa venue. Elle lui demanda seulement de son ton rogue de servante-maîtresse :

— Avez-vous bien tout refermé en bas ?

— Oui, répondit-il humblement, car il ménageait Catherine dont les talents culinaires lui semblaient tenir du prodige.

— Alors, montez près du maître, et, après cela, vous reviendrez souper ici. Nous avons de la choucroute et des pieds de porc.

Hans Weber monta en courant.

En haut, tout était sombre. Fritz Kœpling, enfoncé dans un

grand fauteuil en face du poêle, rêvait solitairement en fumant sa longue pipe.

A la vue de l'anabaptiste, il eut un sursaut et demanda :

— Eh bien ! As-tu réussi ? As-tu appris ce que je veux savoir ?

— Oui, maître !

L'Allemand se mit brusquement sur ses pieds.

— Parle vite, canaille ! Qui donc a été assez hardi pour me *voler* les beaux sapins du Noir-Brocard ?

Une grimace de joie diabolique convulsa les traits de l'assassin.

— C'est la demoiselle de la Fouqueray ! répondit-il.

D'un bond, Fritz Kœpling fut sur lui, le saisit à la gorge, le secoua comme une loque.

— Tu mens, gredin ! tu mens ! Ce n'est pas vrai ! Ce n'est pas possible !

Hans Weber, à demi pâmé, se recula en titubant jusqu'au mur. Il bégaya.

— J'ai bien entendu. J'étais sur le toit de la Chambre au loup. Les deux hommes causaient de l'affaire. La Hulotte criait de sa voix perçante : « Elle a bien fait, not' demoiselle, puisqu'elle en a les moyens, de souffler nos arbres aux *alboches !* Elle a bien fait not' Margot ! C'est une brave fille, une bonne Lorraine ! » Voilà ce qu'elle criait, la Hulotte.

Fritz Kœpling avait eu le temps de se reprendre. Bénissant l'obscurité de la pièce, il dit à son subalterne, d'une voix toute changée, méconnaissable :

— Va-t'en ; je ne suis pas bien ce soir. Demain, je voyagerai. Tu reviendras sans faute, après-demain, pour prendre mes nouveaux ordres. Compris, n'est-ce pas ? Laisse-moi tranquille !

Et, Hans Weber disparu, le géant roux se jeta tout habillé sur son lit et y demeura prostré dans l'immobilité la plus totale. Pleurait-il ? Rageait-il ? Méditait-il la plus horrible des vengeances ?.....

XVIII

Margot, à la même heure, soupait avec son curé dans la chambre de sa grand'mère.

Quand il n'y avait pas de vent, et que la folle jouissait d'un peu de calme, quand Margot s'ennuyait trop, elle priait parfois l'abbé Pascal ainsi, sous le fallacieux prétexte d'un salmis de bécassines ou d'un civet de lièvre. L'abbé Pascal se fût bien dérangé pour une soupe aux cailloux, s'il s'agissait de faire plaisir à quelqu'un.

Mais ce soir-là, particulièrement, le bon curé de Saint-Arnould était tout heureux de distraire sa jeune paroissienne, sur les nerfs de laquelle les événements de la matinée semblaient avoir exercé une influence néfaste.

On avait dressé devant la cheminée une petite table ronde. La vieille dame Brixen et l'abbé Pascal, chacun dans un fauteuil, se faisaient face des deux côtés de l'âtre ; Margot entre eux, sur une chaise, face au foyer, les servait.

Mais elle ne causait guère. Le curé parlait beaucoup, racontait des histoires. L'aïeule répondait un peu à côté de la question parfois ; Nastasie, en apportant ses plats, les vantait sans vergogne.

— Goûtez-moi ça, Monsieur le Curé, vous m'en direz des nouvelles ! Et vous, ma pauvre chère dame ! fourrez-vous-en, ça ne vous fera que du bien. C'est du bon, allez !

Margot, à la fin, énonça une pensée qu'elle méditait depuis longtemps sans doute.

— Je voudrais bien savoir une chose que mon tuteur ne veut pas me dire. Est-ce que je suis très riche ? Et d'abord, qu'est-ce qu'on entend par une personne très riche ?

Le curé sursauta. Cette question l'étonnait de la part de Margot, l'offusquait même, l'affligeait. Il répondit néanmoins :

— Une personne riche est une personne dont les ressources dépassent les besoins d'existence. Tout est relatif en ce monde. Voilà le maire de Saint-Arnould, par exemple, qui se fait de

6 à 8 000 par an, et qui est parfaitement satisfait avec ça pour le genre de vie qu'il mène à la campagne. Ce serait la misère pour un médecin, ou un avocat, ou un officier, chargé d'enfants, à la ville, obligé d'avoir une certaine tenue de maison, des relations mondaines, etc.

Margot dit pensivement :

— C'est singulier que mon tuteur ne veuille pas me renseigner là-dessus. J'ai eu beaucoup de peine à lui arracher ces 10 000 francs. Au fond, ça m'est égal d'être riche. Mais l'épreuve m'a mûrie vite, Monsieur le Curé. Je ne suis plus la gamine insoucieuse d'il y a trois mois. Je suis une femme, et une femme dont la vie est brisée à jamais.

L'abbé Pascal sursauta de nouveau dans son fauteuil.

— Taisez-vous, ma fille ! Songez que vous n'avez pas vingt ans !

Margot secoua la tête. Et, la regardant avec plus d'attention sous la lumière de la lampe, l'abbé Pascal s'aperçut pour la première fois du douloureux changement survenu dans ce jeune et charmant visage.

Margot continuait en désignant du regard sa grand'mère :

— Un malheur peut m'arriver d'un instant à l'autre. Je n'y pensais pas, croyant avoir trouvé un appui dans un homme que j'aimais, que j'aurais épousé avec joie. C'est fini. On a tué mon amour.

Sa voix se brisa tout à coup. Mais elle ne voulait pas pleurer. Elle but une gorgée d'eau et reprit :

— Mon parrain est le meilleur homme du monde. Mais il ne comprend rien à certaines choses ; et je ne peux pas me confier à lui. Monsieur le Curé, je n'ai que vous pour me soutenir. Guidez-moi. Conseillez-moi. Je me rends très bien compte que je ne pourrais pas rester *seule* ici. Et l'on a fermé tous les couvents ! Il faudra donc que j'aille rejoindre mes anciennes maîtresses de Nancy en Angleterre. Quant à ma fortune…..

Mais le curé l'interrompit, au comble de l'agitation.

— Vous divaguez, Margot, vous perdez l'esprit ! Les choses n'en sont point là, Dieu merci ! Nous avons tout le temps d'y penser ! Ne vous mettez point ainsi martel en tête. Vous vous rendrez malade.

Margot fit un geste vague, indiquant que cette éventualité ne la troublait en aucune façon.

L'abbé Pascal continua, très ému :

— Je ne demande pas mieux que de vous soutenir. Votre confiance filiale me touche beaucoup, mon enfant. Mais il faut commencer par m'obéir, pour vous calmer, vous rasséréner. Les orages passent en ce monde, au moral comme au physique. Le soleil reviendra, brillera de nouveau sur l'horizon de votre jeune vie.....

Ce fut au tour de Margot de l'interrompre.

— N'allez pas plus loin, Monsieur le Curé, je vous en conjure. Je devine ce que vous vouliez me dire. Vous me feriez trop de mal. Songez que la plaie de mon cœur est toute fraîche. N'y touchez pas, je vous en supplie.

Et le vieux prêtre se tut, désolé, confondu de cette douleur, dont il n'avait pas jusqu'alors soupçonné la violence.

Margot en profita pour revenir aussitôt à la question de sa fortune qui semblait la préoccuper beaucoup ; et l'abbé Pascal crut comprendre qu'elle prétendait la léguer à des « œuvres patriotiques » après sa mort ou après son entrée au couvent.

— Son entrée au couvent, juste ciel ! pensait le bon prêtre ; autant essayer de mettre un jeune faucon en cage !

L'abbé Pascal rentra chez lui navré de la tournure que prenaient les événements dans sa paroisse, naguère encore si paisible et si heureuse.

Déjà le meurtre du grand Malgras lui avait porté un coup affreux. Qu'allait-il se passer encore ? Ah ! si le pauvre homme s'en était douté !

En revenant de l'église après sa messe, le lendemain matin, il trouva Cyrille Hulot qui l'attendait dans sa cuisine, et l'expression de la physionomie du jeune homme acheva de le bouleverser.

La vieille bonne s'affairait, apprêtait deux bols de café au lait fumant.

Le curé récita le *Benedicite* un peu vite, fit signe au braconnier de s'asseoir et se laissa tomber sur une chaise en face de lui.

— Quoi de nouveau ? demanda-t-il, anxieux.

— Une chose bien étrange, Monsieur le Curé, lui répondit le grand gars. Quelqu'un est monté hier sur le toit de la Chambre au loup, et nous a *guettés* par le tuyau de la cheminée de notre cuisine.

L'abbé Pascal frémit :

— Comment vous en êtes-vous aperçus ? La neige est dure et ne porte guère d'empreintes par ce temps-ci !

— Faites excuses, Monsieur le Curé. Sous bois et autour des maisons la neige mollit assez pour qu'on reconnaisse les pas. En deux ou trois places, les clous des semelles de l'homme étaient marqués. C'étaient des clous *posés à l'allemande*. L'espion qui est venu chez nous, Monsieur le Curé, je peux vous dire son nom. C'est Hans Weber, l'anabaptiste.

Le curé n'objecta rien. Il connaissait le flair surprenant des gens de la montagne en ces sortes d'affaires. Cyrille, sûrement, ne se trompait point. Le curé demanda seulement :

— Savez-vous à quelle heure il est venu ?

— Vers 1 heure, je pense, du temps que nous fumions nos pipes nous deux le père, après la soupe.

— En plein jour, alors ? s'écria le curé, saisi d'une telle audace.

— Mais oui, en plein jour, et c'est bien là le plus fort.

Une idée soudaine affola le pauvre abbé Pascal.

— Et que disiez-vous dans votre cuisine, en fumant vos pipes ?

— Dame ! on parlait de la vente, pour sûr !

— Vous rappelez-vous si vous avez cité des noms, désigné des personnes ?

— On a parlé de Margot. Ça, j'en suis certain.

Le curé repoussa son bol auquel il n'avait point touché. Il s'accouda sur la table et regarda le braconnier bien en face.

— Je suppose, dit-il, que notre opinion est la même. Si l'anabaptiste s'est aventuré ainsi jusqu'à la Chambre au loup, c'est qu'il était payé pour ça.

— Parbleu ! répliqua Cyrille.

— Voici ce que je vais faire, conclut nettement le curé ; je vais expédier Margot en Luxembourg, dans un couvent dont la supérieure est ma parente. Cette jeune fille ne peut pas rester plus longtemps ici, dans les circonstances présentes. Du reste, elle n'y tient point. La supérieure, avertie par une lettre urgente, me répondra courrier par courrier. Je lui conduirai Margot moi-même. Nous pourrons partir dans deux jours, dans trois jours au plus. D'ici là, mon cher garçon, je te charge de veiller sur ta sœur de lait. Qu'elle ne sorte pas seule, surtout ! Hein ? tu m'as compris ?

— Oui, Monsieur le Curé, parfaitement, soyez tranquille. Je réponds de Margot *sur ma tête*.

Sa lettre écrite, remise au facteur, l'abbé Pascal se sentit mieux. Mais l'agitation nerveuse qu'il éprouvait depuis plusieurs jours l'empêchant de se tenir en repos, il se dirigea lestement vers la Fouqueray, pour apprendre à la plus encombrante de ses paroissiennes la façon expéditive dont il avait disposé de sa personne.

Une légère appréhension l'envahit en route. Margot était fantasque. Peut-être se formaliserait-elle d'une décision si prompte et prise à son insu ? Mais non, pourtant, puisqu'elle-même, la première, avait parlé de couvent ; le calme profond du grand-duché de Luxembourg la reposerait délicieusement.

Ainsi partagé entre la crainte et l'espoir, l'excellent abbé Pascal parvint à la Fouqueray.

Mais, contrairement à son attente, Margot ne manifesta rien à l'annonce de ce déplacement subit : ni satisfaction, ni contrariété, ni surprise. Elle semblait être devenue indifférente à tout, et cette constatation pénétra de douleur l'abbé Pascal.

Comme il essayait vainement de la tenter par la perspective des agréments que lui réservait le monastère de Sainte-Lutgarde, Margot l'interrompit doucement :

— Et mon parrain, que dit-il de ce départ ? Je suppose qu'il n'est pas fâché de se débarrasser un peu de moi !

Le mot choqua l'abbé Pascal. Il fit observer à la jeune fille qu'il avait pris soin de lui exposer son projet, avant même d'en référer à son tuteur. Il ne doutait pas de l'assentiment de M. Théodule Thierry, qu'il comptait aller voir le jour suivant. Mais si Margot redoutait de s'expatrier, il n'en parlerait pas à M. Théodule Thierry et le prierait seulement de se charger personnellement de sa pupille, parce que lui, le curé de Saint-Arnould, ne la jugeait plus en sûreté dans sa paroisse.

— Mon pauvre curé ! répondit Margot en soupirant, je sais bien que vous agissez pour le mieux, et je vous en remercie de tout mon cœur. Mais avouez vous-même qu'il est triste, à mon âge, de rester abandonnée, sans père ni mère !

L'abbé Pascal faillit crier :

— Mariez-vous !

Il s'abstint prudemment. C'eût été jeter de l'huile sur le feu ; mieux valait le laisser s'éteindre.

La Hulotte arriva sur les entrefaites. Son beau-fils lui avait bien fait la leçon. Elle raconta — et avec beaucoup de volubilité — que l'anabaptiste rôdait par la forêt, qu'on avait reconnu ses empreintes, et qu'il méditait, pour sûr, un mauvais coup.

— Faut plus que tu sortes seule, not' fille ! déclara-t-elle à Margot, en hochant sa tête ronde. Si tu veux chasser, si tu veux prendre l'air, le Cyrille t'accompagnera !

Margot répondit qu'elle n'avait nulle envie de chasser et encore moins de prendre l'air ; et l'abbé Pascal, rassuré par ces paroles, laissa les deux femmes jacasser ensemble et s'en alla.

Au moment où il regagnait sa modeste demeure, Simon, le forestier, l'ayant aperçu de loin, l'arrêta par de grands gestes.

— Monsieur le Curé ! cria-t-il, vous ne savez pas ! Not' offi-cier vient demain ! Ce n'est pas trop tôt, depuis le temps qu'on l'attendait ; mais paraît qu'il avait du travail ailleurs !

— Mon ami, répondit l'abbé Pascal, en serrant avec effu-sion la main du forestier, mon ami, aucune nouvelle ne pou-vait m'être plus agréable que celle-là ! M. de Louchbach sera sans doute invité à la table de M. le maire. Mais veuillez lui dire de ma part que je tiens à lui parler pour affaire urgente, et que son heure sera la mienne !

— Oh ! pour sûr qu'il ira chez vous, Monsieur le Curé ! Il a bien des raisons pour ça !

Et le forestier s'éloigna en riant d'un air malin.

L'abbé Pascal s'enferma pour réfléchir. D'abord, puisque Jean de Louchbach venait à Saint-Arnould, lui n'irait point à Laveline, chez le tuteur de Margot. Jean de Louchbach se chargerait bien de la commission pour son oncle. Et puis, peut-être ce jeune homme aurait-il quelque inspiration lumineuse et soudaine qui les tirerait tous d'embarras ? Si seulement Margot consentait à l'épouser ! Mais il ne fallait pas compter là-dessus. En tout cas, le garde général apporterait un précieux secours au pauvre curé de Saint-Arnould dans sa détresse, un conseil, une aide, dont il convenait de remercier ferventment le Seigneur.

XIX

M. le juge de paix de Laveline, homme faible parfois, mais toujours prudent, s'il avait laissé sa pupille acheter la coupe du Noir-Brocard, lui avait formellement interdit d'en revendiquer la possession. C'était cependant le secret de Polichinelle. Tous les gens de Saint-Arnould savaient de quel coffre-fort les 10 300 francs étaient sortis. Mais l'honnête Copin devait être censé les avoir fournis lui-même ; et Margot devait se garder de paraître s'intéresser en quoi que ce soit à la coupe. Sur ce point, Théodule Thierry avait été formel.

Margot avait promis de s'abstenir. Que n'aurait-elle promis pour acquérir le consentement de son tuteur ! Mais, en dépit de ses grands chagrins, cet achat, le premier qu'elle eût jamais fait, se trouva l'intéresser beaucoup, piquer sa curiosité au delà de toute expression. Elle pensait continuellement à ses sapins, qu'elle ne pouvait pas voir. Et les gelinottes dont lui avait parlé son frère de lait lui trottaient par la tête au point de lui donner la migraine.

— L'anabaptiste me les tuera, sûrement, songeait-elle, et cette idée lui était odieuse.

Enfin, n'y tenant plus et voulant goûter elle-même de ces fameuses gelinottes, elle avait chargé Nicolas d'envoyer les deux Follavoine au Noir-Brocard pour lui en rapporter quelques-unes.

Les Follavoine partirent donc de grand matin pour la montagne, le jour même où Jean de Louchbach devait arriver à Saint-Arnould.

Ils avaient emporté une miche de pain et une bonne tranche de lard, pour se soutenir là-haut, sans oublier le café ni la goutte. Mais le père Follavoine avait, comme on dit vulgairement, le gosier fort en pente. Le vent s'étant élevé avec assez de violence vers le milieu du jour, le bonhomme prétendit que ça l'étouffait, qu'il allait mourir de soif, et il envoya finalement Joseph lui chercher deux bouteilles chez le sagard le plus proche, qui était un parent de sa femme.

L'Innocent descendit la montagne à toute allure, selon sa coutume, demanda la bière, ne la paya pas — est-ce qu'on se paye entre parents ? — et se mit en devoir de remonter aussi vite qu'il le pouvait.

Voilà qu'une apparition bondit tout à coup à sa rencontre ; l'anabaptiste, tête nue et sans armes, paraissant affolé, criant :

— Au secours ! Au secours ! Le père Follavoine vient d'être éventré par un sanglier furieux !

L'Innocent lâcha ses bouteilles qui dévalèrent vertigineusement la pente abrupte.

Hans Weber essayait de s'arracher les cheveux, mais il n'en avait plus à cet usage. Il hurlait désespérément.

— Je ne puis pas descendre, infortuné que je suis ! Le monde me massacrerait ! Et le père Follavoine veut absolument voir la demoiselle avant de mourir ! Ah ! ce qu'il braille après elle ! Joseph ! mon bon Joseph ! cours vite à la Fouqueray ! Qu'elle vienne, qu'elle se dépêche !

L'Innocent, éperdu, n'en entendit pas davantage. Il redescendit la côte presque aussi rapidement que ses bouteilles, tandis que l'anabaptiste lui jetait une recommandation finale :

— Qu'elle vienne *toute seule*, surtout ! C'est un secret !

Margot, dans sa cuisine, s'occupait à faire réciter le catéchisme aux petits gars de la Chambre au loup, car c'était un jeudi. Sa grand'mère somnolait en haut ; Nastasie « coulait » une lessive ; Nicolas vidait les étables. Tout était bien tranquille à la Fouqueray.

L'Innocent arriva en trombe, échevelé, hagard, poussant des cris affreux :

— Demoiselle ! demoiselle ! Venez vite ! Mon père est tué ! Il vous demande ! C'est un sanglier qui vient de l'éventrer sur la montagne !

Margot poussa un cri :

— Où ça ? Au Noir-Brocard ? Chez moi ?

— Oui, demoiselle ! en cherchant vos gelinottes !

Margot n'hésita pas.

— J'y vais ! s'écria-t-elle.

Pas un instant elle ne mit en doute que l'Innocent n'eût assisté au drame et ne lui fût expédié par la victime elle-même. C'était une fille d'une décision prompte. Elle monta en courant dans sa chambre, se revêtit de ses fourrures, prit sa trousse de pansement, son fusil et redescendit en hâte. Une minute de réflexion lui avait suffi. Devant l'imminence du péril, elle passerait outre aux défenses de son tuteur ; mais, par crainte de difficultés probables, elle n'avertirait pas ses domestiques de son expédition. Ainsi favorisait-elle à son insu les desseins de l'anabaptiste. Elle allait partir *seule*.

Et, néanmoins, il arriva une chose que Hans Weber n'avait pas prévue. Margot, en bonne chrétienne, croyant le père Follavoine véritablement à la mort, dépêcha les deux plus jeunes enfants de la Hulotte chez l'abbé Pascal, pour l'avertir du malheur et l'accompagner immédiatement à la montagne. D'autre part, et sans que Margot l'eût demandé, l'aîné des enfants déclara qu'il allait la suivre, et le second partit en courant à la recherche de son frère Cyrille.

Une bourrasque affreuse tordait maintenant les arbres de la forêt. La température avait fléchi, et de gros paquets de neige, rudement secoués des branches de sapins, volaient en nuages de poussière et aveuglaient la jeune fille et son petit compagnon.

L'Innocent, lui, filait devant eux, tête basse, courbé comme une bête, leur frayant la route au travers de tous les obstacles.

Mon Dieu ! que c'était donc loin ! Une lassitude maladive, une crainte irraisonnée oppressaient Margot. Jamais elle n'avait éprouvé ainsi l'angoisse de la solitude, et de l'abandon, et du vide, au milieu des bois. Qu'était-ce, pour la protéger, que ce pauvre idiot ou cet enfant de douze ans, déguenillé et sans armes. Et, à mesure qu'elle montait, il lui semblait s'approcher d'un danger mystérieux qu'elle n'aurait pas su définir, mais qui lui faisait claquer les dents de peur.

Etait-ce la terreur folle de trouver expirant d'une blessure horrible ce vieux qu'elle avait envoyé inconsciemment à la mort pour satisfaire un caprice? Etait-ce une épouvante superstitieuse d'avoir désobéi, d'avoir trahi sa parole, *en allant seule au Noir-Brocard ?* Mais le Noir-Brocard lui semblait tout à coup — tel que le « graouli » de Metz — quelque animal fantastique prêt à la dévorer.

L'enfant, derrière elle, dit soudain en la tirant par sa manche :

— Nous y v'là, demoiselle, dans vot' coupe ! Les v'là, vos sapins !

Margot leva la tête vers la cime des géants. Et une petite, toute petite bouffée d'orgueil et de joie lui gonfla le cœur. Jamais elle n'avait vu de sapins plus magnifiques. Le lieu était sauvage et grandiose à souhait, sur le sommet de la montagne — « le haut de la faîte », comme disent les gens des Vosges, — à deux pas de cette frontière fictive qui a fait couler tant de sang et tant de larmes. Un hémicycle de rochers immenses clôturait l'enceinte. Et, de-ci, de-là, sous les larges fougères sèches, de minces couches de glace, à demi rompues, indiquaient les flaques d'eau stagnantes où se complaisaient les gelinottes.

Mais un cri effroyable de l'Innocent arracha tout à coup la jeune fille à sa contemplation muette :

— Le feu ! le feu !

Terrifiée, elle regarda ; devant elle, un peu sur la droite, une épaisse colonne de fumée s'élevait ; sur la gauche, une autre ; des branches crépitaient derrière.

L'Innocent, clamant toujours, venait de disparaître entre deux roches. Du vieux Follavoine, aucune trace. Margot se retourna vers l'enfant, cramponné à ses jupes.

— As-tu peur, petit ?

— Non, demoiselle !

— On ne meurt qu'une fois. Prie le bon Dieu et ne me lâche point.

Elle le saisit par sa menotte, l'entraîna rapidement, cherchant une issue des yeux de tous côtés, quand une apparition diabolique l'arrêta court, ainsi qu'une flèche empoisonnée au cœur.

Debout, sur la roche la plus haute, Hans Weber la narguait, criant :

— Feu de joie pour la demoiselle de la Fouqueray ! Feu d'artifice pour la maîtresse du Noir-Brocard ! Hourra ! Les Allemands n'auront pas les sapins ! Mais les Français non plus ! C'est le diable qui en profitera tout seul !

— Tu mens ! hurla une voix furieuse. Tu n'en profiteras pas, démon de l'enfer !

Et Margot et le petit, éperdus, virent une chose horrible.

Dans le jour finissant, où rougeoyaient les reflets de l'incendie, sur la roche géante, Cyrille Hulot et Hans Weber se battaient corps à corps, sans armes apparentes, se tordant les bras, semblant s'arracher les muscles. Cela ne dura qu'une seconde qui parut un siècle. Soudain, l'anabaptiste, dégageant sa main droite, éleva son poignard au-dessus de sa tête et, l'abattant d'un grand coup, le plongea dans le dos de Cyrille qui tomba lourdement sur la face.

Hans Weber eut un rire de fauve. Mais son soulier ferré glissa sur une plaque de glace, dans une fissure du roc, il perdit l'équilibre, battit l'air de ses bras et roula, en rebondissant, sur les arêtes meurtrières du chaos de granit.

Et, au même moment, derrière la grosse roche, vingt sapins s'abattirent avec un fracas terrible dans des torrents de fumée et de flammes.

Margot, suffocante, affolée, perdait la tête. C'était le petit gars qui l'entraînait maintenant, cherchait à fuir le brasier intolérable. Mais par où ? Le feu avait été mis en dix endroits, savamment, méthodiquement, par une main experte, la main fatale de l'anabaptiste. Et le misérable avait bien préparé son coup, bien choisi son moment. La demoiselle était perdue ; elle allait mourir écrasée, brûlée par ces arbres qu'elle avait prétendu arracher à la Prusse !

La fumée étouffait la jeune fille et l'enfant ; l'air surchauffé leur calcinait les poumons. La petite voix murmura, bien haletante, mais très brave :

— Demoiselle, c'est fini. Faut dire l'acte de contrition !

Margot leva la main droite pour faire son dernier signe de croix.....

Mais que se passait-il donc ? Etaient-ils déjà morts tous les deux ? On les saisissait, on les emportait, inconscients, pâmés. Une grande vague de fraîcheur balayait leurs visages. L'air froid emplissait leurs poitrines. Puis ce fut l'évanouissement total.

Quand Margot reprit connaissance, elle s'aperçut confusément qu'elle devait être chez le curé de Saint-Arnould, étendue tout habillée sur le lit de sa servante.

Assis dans un fauteuil de paille près du feu, le petit Amable Hulot buvait quelque chose que son frère Prosper lui présentait dans une tasse, et tous les deux pleuraient.

Mais il y avait encore quelqu'un d'autre là, pas l'abbé Pascal, non ; un homme jeune en tenue de forestier français avec deux galons d'argent sur ses manches. Comme ils étaient donc ternis, ces galons ! L'homme avait la moustache roussie et le visage noir de fumée, et il y avait sur ses joues des traces curieuses, telles que des pleurs en auraient faites. Quoi ! Jean de Louchbach aurait pleuré !

Margot referma les yeux pour ne point voir.

Une voix toute chavirée, chevrotante, celle de l'abbé Pascal, enfin, demanda :

— Est-ce que notre pauvre petite ne revient pas à elle ?

— Pas encore, mais elle a remué un peu, tout à l'heure.

— Je vais m'en aller, maintenant que je suis rassuré sur son compte. Il ne faut pas qu'elle me trouve ici, près d'elle, quand elle ouvrira les yeux.

Il y eut un silence. Puis la voix de Jean de Louchbach reprit, lasse et triste, oh ! si triste :

— Mais pourquoi ! s'écria le curé. Comment ! vous lui avez sauvé la vie au péril de la vôtre ! Je vous ai vu moi-même vous précipiter dans la fournaise et l'en retirer. Sans vous, elle serait morte, et de quelle mort épouvantable ! Et vous voulez la fuir !

— Croyez-moi, Monsieur le Curé, répondit douloureusement le jeune homme, cela vaut mieux pour nous deux. Elle ne m'aime pas, et moi je l'aime trop !

Sa voix s'étrangla dans sa gorge.

Margot n'entendit plus rien. Elle venait de perdre connaissance de nouveau.

Vers la même heure, Fritz Kœpling, dans le jardinet de sa maison de Plainfaing, regardait avec épouvante l'embrasement de la montagne.

Le matin même, quand l'anabaptiste était venu chez lui aux ordres, sans pouvoir se résoudre à rien, n'avait-il pas laissé échapper cette phrase de dépit puéril :

— Ah ! ce Noir-Brocard maudit ! Je voudrais le voir réduit en cendres ?

Atterré maintenant, il en venait à se demander si le misérable, outrepassant ses désirs, n'aurait pas craint de commettre un acte de folie si furieuse. Quoi ! mettre le feu à la forêt, par cet ouragan terrible qui rabattait violemment les flammes, les éparpillaient en tous sens ! Mais, si cela continuait, il allait être perdu, lui, Kœpling ; plus de commerce de bois, plus de raison d'être à Plainfaing ! N'était-ce point affreux ?

Soudain, la scène changea. Une saute brusque du vent, à la tombée de la nuit, rejeta les flammes de l'autre côté, vers la frontière. Et, tandis que tous les paysans de la vallée, accourus à la rescousse, parvenaient à circonscrire le feu sur le flanc des montagnes dominant Saint-Arnould, le fléau, chassé par les rafales du vent d'Ouest, retombait sur les bois annexes des Allemands et les dévorait avec une rapidité vertigineuse. N'était-ce point horrible ?

Fritz Kœpling regardait toujours, hagard, et de rage il mordait sa barbe rousse, quand il aperçut tout à coup un fantôme noir glissant vers lui silencieusement sur la neige.

Il recula d'un pas.

Une femme grande et souple, aux traits flétris mais beaux encore, le fixait de ses yeux de braise.

— Ne me reconnais-tu pas ? demanda-t-elle sourdement. Tu as la mémoire courte, *Herr Hauptmann*. Je suis la veuve de l'homme que tu as fait assassiner, naguère, sur la montagne. Prends garde ! Tout se paye à la fin ! Voilà maintenant que tu incendies nos forêts.

— C'est faux ! cria-t-il exaspéré. Je n'y suis pour rien !

— Tais-toi donc ! répliqua-t-elle avec mépris. Tu regrettes peut-être maintenant ton imprudence, parce que le Maître des vents les a faits tourner, et que ce ne sont plus nos bois qui brûlent, ce sont ceux que tes pareils nous ont volés jadis. Tant mieux si tu es puni par où tu as péché. C'est ton anabaptiste qui a mis le feu partout là-haut, pour y détruire les sapins du Noir-Brocard et la demoiselle de la Fouqueray avec eux !

L'Allemand poussa un rugissement d'effroi.

— La demoiselle de la Fouqueray ! Margot ! Non, non, ce n'est pas possible ! Elle n'était pas là-haut !

— Elle y était, répliqua la « voyante » impitoyable. Hans Weber l'y avait attirée par un mensonge. Regarde ! le Noir-Brocard est en cendres !

Et un rire nerveux secoua brusquement la Dorothée.

— Nos grands sapins n'orneront pas les bateaux du roi de Prusse ! Tu as pris soin toi-même d'en faire un beau cercueil pour la fille de France que tu aimais !

Fritz Kœpling s'était couvert le visage de ses mains.

— Assez ! supplia-t-il, assez !

— Non, continua la « voyante », je n'ai point fini. Un mot me reste à te dire, *Herr Hauptmann*. Tu es condamné à mort. Demande à qui tu voudras. Les gens te diront à douze lieues à la ronde si je sais lire dans les astres aussi bien que dans les cœurs. Je suis la prophétesse de la montagne ! Écoute et repens-toi ! Dans trois jours, ton corps ne sera plus qu'un cadavre !

Mais il venait de s'appuyer contre un arbre, et demeurait là, immobile, hébété, muet.

XX

Maintenant, les restes à demi calcinés de Cyrille Hulot reposaient en un modeste cercueil, dans la cuisine basse aux poutres enfumées de la Chambre au loup.

On le veillait « à la chandelle ».

D'un côté de la cheminée géante, où les ételles de sapins craquelaient, trois vieux étaient assis et fumaient silencieusement leurs pipes ; le père Hulot, le père Follavoine et le Nicolas de la Fouqueray. Leurs yeux étaient remplis de larmes, et, de temps à autre, avec un geste brusque, ils les essuyaient du revers de leurs mains calleuses. Le père Follavoine semblait le plus affligé des trois. Il avait échappé à l'incendie en allant lui-même chercher à boire parce qu'il s'impatientait de ne pas voir revenir son fils. Mais en apprenant ensuite que Joseph, par sa crédulité stupide, avait été la cause de la mort de Cyrille et du danger de Margot, sa fureur contre l'Innocent n'avait pas connu de bornes, et il l'aurait assommé sans l'intervention des voisins.

De l'autre côté de l'âtre, le bon curé de Saint-Arnould, assis dans l'unique fauteuil de la maison, lisait à mi-voix des prières latines ; la Hulotte, accroupie à ses pieds, sanglotait bruyamment parmi ses petits gars cramponnés à ses jupes.

Et, tout contre le cercueil, Margot, écroulée sur une chaise, pleurait tout bas en récitant son chapelet.

Que de pleurs elle avait versés depuis la veille ! Que de pensées affolantes martelaient son cerveau troublé ! Pouvait-elle croire que là, entre ces quatre planches, dormait son éternel sommeil le fidèle et dévoué compagnon de sa jeune vie, celui qu'elle avait toujours appelé du doux nom de frère ? Comme elle se prenait à la haïr, cette grande forêt mystérieuse qui l'avait nourrie depuis le berceau, pourtant, qui l'avait charmée, enivrée, ensorcelée jusque-là ! N'était-ce pas la forêt avec ses perfides embûches qui lui avait tué son frère ? Mais non. La forêt n'était point coupable. Cyrille était mort par elle et pour elle, Margot, parce qu'elle avait failli à son devoir, en prêtant l'oreille à la voix enjôleuse de l'ennemi !

Un frisson la secoua toute. Elle cacha dans les draperies du cercueil l'ardente rougeur de honte qui venait d'envahir son visage. Est-ce qu'elle pouvait l'aimer encore, son beau cousin d'Allemagne ? Mais nulle réponse ne monta de son cœur endolori. Jamais plus nulle corde n'y vibrerait au nom jadis adoré de Fritz Kœpling. Le sacrifice de Cyrille avait délivré sa sœur de l'obsession maudite.

Soudain, la vieille horloge lorraine, en sa gaine de chêne noirci, sonna. Les douze notes s'égrenèrent, argentines, dominant les plaintes, les prières et les pleurs.

Dehors, le chien se mit à hurler.

— Minuit ! dit l'abbé Pascal en se levant de son fauteuil, avec un dernier signe de croix.

Et, se tournant vers Margot :

— Allons, mon enfant, voici le moment de rentrer chez vous. Je vais vous accompagner avec votre Nicolas.

Margot se leva docilement, marcha droit vers le père Hulot, se mit à genoux devant lui et saisit sa rude main pour la baiser. Le bonhomme, effaré, se débattait.

Mais d'une voix basse et tremblante, elle l'implorait douloureusement :

— Pourrez-vous me pardonner, père Hulot ? Dites, me pardonnerez-vous un jour ? Père Hulot, c'est ma faute, si votre fils est mort !

Le vieux schlitteur tout à coup parut grandir. Sa taille voûtée de tâcheron, ployant sous l'effort continu, se redressa soudainement. Avec une majesté singulière, laissant sa main droite aux lèvres de la jeune fille, il posa sa main gauche sur la tête blonde inclinée et déclara solennellement d'un ton très grave.

— Non, not' enfant, non, je n'ai rien à te pardonner. Ce n'est pas ta faute. Cyrille a fait son devoir. Si c'était à recommencer, moi, son père, je lui commanderais de te venir en aide. Tu es plus que not' enfant, tu es not' demoiselle aussi, et la fille de nos vieux seigneurs qui nous ont donné tout not' bien. Mon fils est mort *bellement*. Que le bon Dieu ait son âme !

Alors Margot, à bout de forces, éclata en sanglots convulsifs, et il fallut que l'abbé Pascal et Nicolas, unissant leurs efforts, l'entraînassent violemment hors de la Chambre au loup.

On fit, le lendemain, en grande pompe l'enterrement du braconnier.

C'était le second de ce genre-là, en bien peu de jours, et une extrême effervescence commençait à se manifester dans la région.

Il vint des gens de tous les recoins de la montagne et de tous les replis de la vallée ; il en vint de Gérardmer et de Bruyères, du lac Blanc et du lac Noir ; il en vint du Plafond et de Corcieux, et de la Croix-aux-Mines, et du col de Louchbach ; il en vint de toutes les huttes de charbonniers au fond des bois, et des scieries éparses dans les gorges étroites où l'eau des torrents clame, nuit et jour, son éternelle chanson.

Car les Hulot de la Chambre au loup étaient tenus en grande estime dans la contrée, et la mort tragique du grand gars auréolait de gloire son jeune et valeureux souvenir.

Et les gens chuchotaient jusque dans l'église :

— Voilà le second que les *alboches* nous tuent ! Est-ce que ça va continuer encore ?

Toutes les autorités possibles assistaient à la cérémonie.

On se montrait le jeune garde général, qui portait le bras gauche en écharpe « rapport aux brûlures, en sauvant la demoiselle ».

Bien des regards curieux se reportaient ensuite sur l'héritière de la Fouqueray, immobile et prostrée au premier rang des femmes, à côté de la Hulotte, qui menait le deuil, selon l'usage, avec des cris affreux.

Il n'y eut pas de discours au cimetière ; le maire l'avait défendu :

— Ne disons rien ! nous en dirions trop !

Mais lui-même, d'une main qui tremblait fort, derrière l'humble croix de bois, il planta le drapeau tricolore.....

Cependant, deux ou trois vieilles commères, spécialement convoquées à la Chambre au loup, s'activaient aux préparatifs du repas des funérailles, usage antique et barbare, auquel nul n'oserait se soustraire à la campagne. Ne faut-il pas réconforter un peu les parents et les amis qui viennent de si loin et par de si mauvais temps, quelquefois ?

Justement, tandis qu'on sortait du cimetière, la neige se mit à tomber du ciel bas et gris, qui menaçait depuis le matin. Et dans le brouillard des flocons légers, de longues théories noires d'hommes et de femmes se mirent en route en sabotant par les ornières de la forêt.

La course activa l'appétit. Et, quand on eut avalé la chaude soupe au lard, les langues se délièrent vite ; et, le verre de vin gris à la main, les hommes se mirent à parler un peu haut des *alboches.* On en avait assez de leurs voleries et tueries. On se révolterait finalement. Est-ce qu'on était annexé, oui ou non ? Fallait le dire ! Ah ! l'homme de Plainfaing pourrait bien passer un mauvais quart d'heure !

Et ainsi de suite.

Mais l'anabaptiste ne monterait plus sur le toit pour espionner les Hulot, par la cheminée de la Chambre au loup.

Le soir de ce même jour, en revenant de l'enterrement un peu tard, deux schlitteurs de Ménonrupt découvrirent le cadavre d'un noyé battu par les flots écumants, sous la cascade fameuse du Rudlin. C'était celui d'un hercule, aux yeux bleus et à la barbe rousse, sur l'identité duquel nul ne pouvait se tromper dans le pays.

Fritz Kœpling, affolé du désastre, errant à l'aventure par la montagne, était-il tombé accidentellement du haut d'une roche ? Ou bien, hypnotisé par les sinistres prophéties de la sibylle, s'était-il précipité lui-même dans le gouffre ?

On ne le sut jamais.

XXI

Margot venait de rentrer à la Fouqueray.

Son tuteur l'avait emmenée chez lui le soir même de l'enterrement de Cyrille et l'y avait gardée une quinzaine de jours, pour essayer de la remettre de tant d'émotions cruelles.

Pas une fois, à Laveline, elle n'avait aperçu Jean de Louchbach ; pas une fois Théodule ne lui en avait parlé.

En arrivant à la Fouqueray, sa première visite avait été pour

la tombe de Cyrille ; la seconde, le lendemain, fut pour la
Chambre au loup.

Elle s'y rendit avec ses chiens, emportant une poule qu'elle
voulait offrir à la Hulotte, pour mettre au pot, car elle se doutait bien que le garde-manger de la famille devait être souvent
vide, maintenant. Le vent soufflait encore en tempête. Il faisait
un de ces froids noirs qui portent la mort dans l'âme aux
mieux trempés.

Margot trouva le père Hulot assis, grelottant, au coin de son
feu. Le bonhomme avait vieilli de dix ans depuis son affreux
malheur. Il accueillit la visiteuse avec une ombre de sourire
sur sa pauvre figure tannée et ravagée, et voulut lui offrir son
fauteuil, comme de coutume. Mais Margot s'y refusa péremptoirement et s'installa sur un tabouret aux pieds du vieux, face
au foyer, où elle chauffa ses mains gourdes.

La Hulotte déjà, prestement, tuait et plumait la poule.

On parla de Cyrille. Pouvait-on parler d'autre chose ? Margot
raconta qu'elle avait fait demander, par l'abbé Pascal, un tren-
tain de messes pour son âme, chez de bons religieux expulsés
en Belgique.

Le vieux remercia ; puis il dit avec un gros soupir :

— T'en feras dire aussi des pareilles pour moi, not' enfant.
Je vas m'en aller tôt. Je ne peux plus durer sans le Cyrille.

Margot protesta. Mais le bonhomme continua en secouant
la tête :

— Je sais ce que je dis. J'aurai tôt fini ma journée en ce
monde. La Hulotte peut se passer de moi. V'là les petits gars
qui grandissent. Ah ! ça fera de rudes gaillards, un jour ! Mais
je ne m'en irai point sans t'avoir vue casée, not' enfant. T'as
perdu tes père et mère. V'là ton frère de lait qui a péri — et le
vieux essuya furtivement une larme, — faut te marier, not'
enfant ! Ça me tranquillisera bien.

Margot soupira :

— Père Hulot, répondit-elle avec tristesse, l'amour m'a trop
mal réussi, je n'en veux plus !

— Ta, ta, ta, interrompit la Hulotte, sa poule à demi plumée
à la main ; ta, ta, ta, ma fille ! à ton âge et tournée comme t'es !

En voilà des bêtises ! Et d'abord ton parrain l'a bien laissé entendre aux gens tout partout que son neveu était pour toi !

— Tu radotes, maman nounou !

— Non point, ma fille !

— Enfin, mon tuteur ne peut pourtant pas nous marier de force !

— De force, ma pouponne ! s'écria la Hulotte indignée, mais pourquoi n'en voudrais-tu donc point de ce beau gars ?

Margot cria, énervée :

— Et lui ? Savez-vous seulement s'il tient à s'embarrasser encore de ma personne ?

Du coup, la bonne femme laissa choir sa poule sur la table pour lever ses deux bras au ciel.

— Ah ! bien ! Ah ! bien ! fit-elle hébétée, ne trouvant plus de paroles capables d'exprimer son saisissement.

Mais, dans le moment même, un coup fut frappé à la porte, et le père Follavoine entra, la besace sur l'épaule et le bâton à la main.

— Salut tout le monde et la compagnie, dit-il.

Et, jetant sa besace sur la table, il en sortit un beau lièvre qu'il présenta gravement à la Hulotte. Puis, se tournant vers Margot, il expliqua :

— Faut bien leur compenser un peu les maux que mon garçon leur a faits. Le père Hulot n'en peut plus, et les petits gars ne sont point encore capables de remplacer leur frère. Et qui donc leur fournirait du gibier à c'te heure ?

Il disait cela tout simplement, le père Follavoine, comme une chose toute naturelle. Et Margot, touchée, se demanda comment tant de délicatesse pouvait s'allier à tant de sauvagerie chez ces natures primitives et frustes de la montagne.

Elle revint le lendemain et les jours suivants à la Chambre au loup. C'était sa seule distraction, sa seule occupation. Elle ne chassait plus. Rien ne l'intéressait, hors la famille de son pauvre Cyrille.

Et chaque fois le vieux lui parlait de sa mort, à lui, et de son mariage, à elle. Cela devenait une habitude. Margot s'y accoutumait.

Un soir, en rentrant lasse et triste sous la neige, elle trouva l'abbé Pascal installé chez la vieille dame Brixen. Cela n'avait rien d'extraordinaire. Mais pourquoi Nastasie avait-elle paré la folle de sa robe de soie et de sa plus belle mantille ? Attendait-on quelqu'un ?

La jeune fille n'osa pas le demander et s'assit en silence aux pieds de sa grand'mère, sur un coussin, devant le feu.

L'abbé Pascal continuait son discours. Il disait les joies du revoir en l'éternelle patrie. Et l'aïeule endeuillée l'écoutait, une lueur d'espérance en ses yeux éteints.

Margot, la tête appuyée sur les genoux de la folle, caressait les belles mains diaphanes, où l'alliance d'or brillait dans l'ombre ; et, avec un cuisant serrement de cœur, elle pensait :

— Moi, jamais je ne porterai ce signe distinctif et sacré de l'épouse. Oh ! pourquoi donc ai-je aimé, comme dit l'Ecriture, « le fils de la terre étrangère » !

Mais un cliquetis léger par la chambre lui fit relever la tête. Jean de Louchbach était devant elle.

Le curé, le prenant par la main, le conduisit à la vieille dame Brixen. La folle, d'abord, salua cérémonieusement. Puis, le jeune homme ayant pris place à côté d'elle, fascinée par la tenue militaire, elle commença de promener un doigt tremblant sur les galons de ses manches et se mit à dire à voix basse:

— Mon fils avait des galons d'or. Pourquoi les vôtres sont-ils d'argent ? N'êtes-vous pas du régiment de mon fils ? Ne l'avez-vous pas connu ? Il lui est arrivé un grand malheur. Sa pièce de canon l'a tué. Et moi, je n'ai plus de fils.

Alors, le beau forestier glissant à genoux devant elle :

— Voulez-vous que je le remplace près de vous ? demanda-t-il si tendrement que la folle en tressaillit.

Une lueur singulière s'alluma dans ses yeux troubles.

— Je veux bien, répondit-elle lentement, je veux bien parce que vous portez un uniforme français. Je n'aurais jamais voulu d'un Allemand pour fils, ajouta-t-elle avec une force étrange. Ils ont tué trop de gens de notre race ! Mais <u>vous</u>, si ça fait plaisir à Margot, je veux bien.

La jeune fille n'avait pas bougé.

Jean se pencha vers elle :

— Voulez-vous que nous soyons deux à aimer votre grand'mère ? Dites ! le voulez-vous, Margot ?

Sa voix mâle tremblait d'émotion.

Margot se tut, incapable de répondre ; mais ses yeux parlèrent pour elle.

Jean la prit dans ses bras, et Margot s'y blottit.

— Enfin ! s'écria l'abbé Pascal. Dieu soit loué ! Ce n'est pas trop tôt !

. . . .

Comme par magie, ce soir-là, toutes les maisonnettes de Saint-Arnould s'illuminèrent.

Du Haut de la Faîte, rasé par l'incendie, un douanier allemand, qui fumait sa pipe assis sur sa borne, cria de loin aux douaniers français en tournée sur le versant :

— Qu'est-ce qui se passe donc chez vous, ce soir ?

Blaise Tranquille répondit narquois :

— Charbonnier fait la fête, parce qu'il est redevenu maître chez lui ! Zut pour vous, les *alboches* !

POUR PARAITRE LE 1er FÉVRIER 1913

Les vingt ans de Josie

par PIERRE DU CHATEAU

1668-12. — Imp. P. FERON-VRAU, 3 et 5, rue Bayard, Paris, VIII.